決して色褪せることのない夏の日々にボクは諦めきれない恋をした

HJ文庫
1085

Illustrated by PURAKO

CONTENTS

あの日　あの時　お祭りで

「あれ？」

出店が立ち並ぶ賑やかな境内で、ボクは後ろを振りかえった。そこに知っている人は誰もいない。周りをぐるっと見回すと自分よりも背の高い人ばっかりで、皆楽しそうにしている。

今日は年に一度の夏祭り。

毎年この時期になると、兄達と一緒に夏祭りでたくさん遊んで大はしゃぎをする。とても楽しみにしていたお祭りは今回もやっぱりすごく楽しくて、新しい出店や出し物が目につく度にあっちこっちへ駆け回っていた。

どうやら、それで迷子になってしまったらしい。

気づくのがもっと早ければこうはならなかったのに……そういえば後ろから誰かが呼びとめていたような気もする。

「どうしよう……」

神社の敷地を中心としたお祭りの開催地はとても広い。

大きな道路どころか狭い脇道にもいっぱい出店が出ていて、どこもかしこもたくさんの人で大盛況。

この中から知り合いを見つけるのはとても難しいことだ。

もしかしてもう誰とも会えないんじゃ――。

そんな悲しい気持ちが胸の内でどんどん大きくなっていく。

……どうしよう、泣きそうだ。

涙が出るのを堪えながら、知ってる人がいないか急いで探し回った。

でも、子供が探せる範囲なんてたかがしれていて、当然のように誰も見つからない。

……もしかしたらあっちにいるかもしれない。

そう考えてしまったボクは鳥居をくぐり、神社からどんどん遠ざかって浜辺まできてしまっていた。花火大会がもうすぐ始まるから、そこには神社よりも大勢の人がいる。

けれど、やっぱり知っている顔は見当たらなかった。

「うぅ……」

走り回って大分疲れてしまったので、歩道から浜辺へと降りていける横に広い石階段の隅っこでへたり込む。

ぐしぐしと目元をこすりながらいぢけていると、花火が打ち上がるカウントが始まった。

――本当だったら、三人で一緒に観るはずだったのに。

その時間が大好きで、とても楽しみにしていたのに。

無情にもカウントダウンが進む。

それに重なるように、たくさんの見物客が声をあげていく。

さん。

にぃ。

…………いち。

「ナッちゃんみーつけた!!」

「え?」

よく知っている声がしたのと同時に、背中からギュッと抱きしめられた。

その瞬間大きな花火が空とボクの心に咲いて、周りがパッと明るくなる。振り向いた先にいたのは、とても安心できる笑みを浮かべた海華ちゃんだった。

今日はいつもと違って栗色の髪を後ろで結んで、金魚柄の浴衣を着ている。

けど、上から覗きこんでくるその顔を見間違えるはずもない。

「もうダメでしょー？　一人で勝手にどっか行っちゃったら心配するじゃない」

「海華ちゃん……」

「ふふっ、もうなんて顔してるのよ男の子！　ナッちゃんは笑ってる方が可愛いんだから、笑って笑って」

「ごめんなさい……ボク」

「海華ァ！　ナツがいたのか⁉　いたのかナツが‼」

半泣き状態で謝ろうとしたら、聞き覚えしかない声が割って入ってきた。その人は大分慌てた様子で、ドカドカと足音を立てながらこっちに駆けつけている。

「ナツ、無事か⁉　どこも怪我とかしてねえか⁉」

「うん、大丈夫だよ陽兄」

「よ、よかったぁ。いなくなったのに気づいた時はマジでどうしようかとッ」

「……ごめんなさい」

「よし、ちゃんと謝れたから許す！　まっ、無事ならそれでいいさ。次からは気をつけるんだぞ？」

赤茶色のオールバックと甚平を乱している陽兄が、ボクの頭をガシガシなでてくる。ちょっと乱暴だけど、すごい安心できる手だ。

「そうだよナッちゃん。もしまた迷子になったら、陽くんが案内所に突撃してスタッフ総動員のナッちゃん捜しが始まっちゃうんだからね」

「そうなの？」

「いや、さすがにそこまではなんねえけどさ」

「嘘ばっかり。ついさっきまで本気でやろうとしてたくせに」

「うっせえよ！　それぐらい心配してたっつーだけだろ、悪いかよ！」

「ううん、弟想いですっごい良いと思う」

クスクス笑う海華ちゃん。

やれやれと頭をかく陽兄。

二人のやり取りがテレビに映るコントみたいに見えて、ボクは思わず笑ってしまっていた。ひとりぼっちの悲しみなんてとうに消え失せている。

「よし、俺はちょっくら迷子案内所っつうの？　さっきのトコに行ってくるわ。見つかったって伝えておかないと、手間取らせちまうからな」

「それじゃあナッちゃんは私と一緒にココで待ってよっか」

　差し出された手を握り返して、こくりと頷く。

「ついでになんか食いモンでも買ってくるか。ナツは何か食べたいもんあるか？」

「……いいの？」

「あ？」

「だってボク……二人とはぐれて迷子になっちゃったのに」

　今はもっと反省するべきじゃないのかな。

　子供ながらにそんなことを考えての言葉だったけど、それを聞いた陽兄と海華ちゃんは大笑いした。

「ちょっとやだ、可愛すぎでしょ。ほんとにナッちゃんってば陽くんの弟なの？　陽くんだったら嬉々として大好きな『焼きそばとチョコバナナ、あとラムネ』って注文してるわよ」

「おいこら、さりげなく人をディスるんじゃねえ。ナツは正真正銘、俺の弟だっつーの。俺だってナツぐらいに小っちゃい時はだなぁ！」

「………食べたい物、言ってもいいの？」

「おうよ！　このステキなお兄様に頼んでみろってんだ」

「じゃあ……焼きそばとチョコバナナ」

「おうおう」

「あと………ラムネが飲みたいな」

ボクの返事がツボに入ったらしい。海華ちゃんが噴き出した。

陽兄が「なっ、俺の弟だろ？」とどこか誇らしげに胸を張る。

「そんじゃ行ってくる。すぐ戻るからよ、そっからは予定どおり三人で花火を観ようぜ」

そう言い残して走っていく陽兄を見送ってから、ボクと海華ちゃんは改めて階段の隅に並んで座りながら空を見上げる。

ちょうど新たな打ち上げ花火が夜空を彩っていた。それはとても綺麗で、口が勝手に「わあ〜〜〜」と歓声をもらす。

「ココの花火はいつ観ても綺麗ね〜。そういえばナッちゃん、なんで迷子になった後に浜辺まできたの？　境内からはけっこう離れてるのに」

「……お祭りにきた人がみんなそっちに向かってたから、海華ちゃん達もそっちにいるのかなって。あと……約束してたから」

「三人で一緒に花火を観ようねって。だから、一番花火がよく見える場所を見つけたら会えるかと思って……」

「へぇ～……これはビックリ。陽くんの予想バッチリじゃない」

「陽兄の？」

「そうよ？　手分けして捜そうって時に、私に浜辺の方へ行ってみろってね。『多分お前の方がナツを見つけるのが早いし、ナツも安心するだろ』とも言ってたわね」

「そうなんだ……」

実際そうなったのだから、すごいや陽兄は。

「ナッちゃん、喉渇いてるでしょ。これ私のだけど飲む？」

「うん」

フタの開いているペットボトルのジュースで喉を潤す。その時ふと、浜辺の中のロープで囲われているエリアが目に入った。

エリア内には他の場所に比べれば少ないけど人がいる。だから入っちゃいけない場所じゃないようだけど……？

「海華ちゃん、アレってなんなのかな？」

「アレ？　……ああっ、あそこは特別観覧席ね」

「とくべつかんらんせき？」

「えっとねぇ……確か花火がもっと綺麗に見えるように用意された場所よ。誰でも入れるわけじゃないんだけど」

「ボクらは入れるの？」

「残念ながら入れないわ。チケットを持ってないからね」

「ふーん……あそこにいる人達はみんなチケットを持ってるんだね」

「そうねぇ、きっと運が良いのね」

「そこまでして入りたい場所なんだ？」

「そういうこと！　パンフレットにも載ってたけど、あそこの特別席で花火を一緒に観るとご利益があるのよ」

「ごりやくってなに？」

「あー……っと、要するに幸せになれるってこと、かな」

　ちょっと困った顔で説明してくれた海華ちゃんが、じっと特別観覧席を見つめた。

　どうやら海華ちゃんはあそこがすごい気になってるみたいだ。そういう顔をしているのがボクにもわかるぐらいに。

「あそこで告白とかされたらステキだろうなぁ」

ぽつりと漏(も)れた言葉はそんな感じだったと思う。

だからボクは、こう尋(たず)ねた。

「じゃあ、ボクがいつかチケットをとれたら、海華ちゃんは一緒に花火を観てくれる？」

「ん？　もちろんいいわよー」

「約束してくれる？」

「うんうん、約束約束。楽しみにしてるわね♪」

「あ、でも……また迷子になっちゃったらどうしよう。その時はごめんね……？」

「もー、何を変な心配してるのよ」

穏(おだ)やかな表情で海華ちゃんが言葉を続ける。

「大丈夫よ、だってその時はまた――」

海華ちゃんが小さな弟分の言葉にどう考えて、そう返したのかはわからない。でも、少なくとも好意的には受け止めてくれたんじゃないだろうか。

一方ボクはといえば、幼いなりに大真面目に約束をしたつもりだった。

そんな頃から既に、ボクは海華ちゃんに対して特別な気持ちを抱いていたのかもしれない。

離れないようにと握ってくれた海華ちゃんの手を、しっかり握りなおす。

それはずっと昔から――いまだに色褪せることのない記憶。

幾度も繰り返した、三人で過ごした楽しい夏の思い出。

ずっと続いて欲しい。

心の底からそう願っていたものだった。

「ナツー！」

「おーい、蒼井ナツシー」

陽兄が呼んでいる？

いや、コレは……。

この声は……海華ちゃんだろうか？

「……ナーツー？　ナツくーん？」

でも海華ちゃんにしては呼び方が違う。

もっと年が上のような感じが……する。

「いつまで寝てるつもりかな。遅刻しちゃうよ、ナツくん」

段々意識が浮上してきた。

でも、もう少しこのままでいたい気持ちの方がまだ強い。

「ふぅー、しょうがないなぁ」

往生際の悪いボクに呆れた声が届く。

そして何かを諦めたかのように、誰かが耳元でこう囁いた。

「起・き・て、ナッちゃん」

無駄にくすぐったいお声掛けに世界が変わる。

眠気が消え、徐々に開いていく目が捉えたのは、

「……まだこうしてた方がいい？」

どこか呑気にボクを眺めている、大人になったウミ姉。

この手は、あの頃と同じように彼女の手に包まれていた。

子供の頃からボクが恋する人の手に。

――そして、

たった一人の兄である陽兄の恋人(こいびと)だった人の手に。

この人といる日常の嬉しさと悲しみ

制服に着替えて駆け足気味にマンションの階段を降りていく。一階に到着すると、駐車場から声が聞こえてきた。

「お財布はちゃんと持ったぁ？」

「大丈夫だよ！」

だらっとした動物のキーホルダーがポケットにある事を確認して、待機している軽自動車へと急ぐ。

「さあ早く車に乗って乗って。全速力でいっちゃうよ！」

カジュアルなスーツを着こなし、愛用の海を象った髪飾りを身につけたウミ姉に急かされるまま、ボクはドアの開いた助手席に乗りこんだ。

「いや普通の運転で十分間に合うよ。だから安全運転でね？」

「大丈夫よ、今までぶつけた事は一度もないから」

ニアミスなら何度もあったでしょ、とはあえて言うまい。

割と運転が荒いウミ姉が無事故を保てているのは、偏に陽兄のおかげだった。今はその役目をボクが担わないといけない。

「ウミ姉。繰り返すけど安全運転だよ。それから近道しようとして迷うのも無しで」

「信用ないわねぇ。そんなに念を押さなくても大丈夫だって。行先は私の母校でもあるんだから」

「いやいや、ウミ姉の登校手段は電車であって車じゃな──」

「しゅっぱーつ♪」

こっちの不安を余所に、蝉の合唱を邪魔するようなエンジン音を轟かせた乗用車が、ややもやが立ちのぼるアスファルトへと発進した。

「ナッちゃん。お腹が空いてたら足元にある袋の中からおにぎりとか食べちゃっていいからね」

「ウミ姉……またその呼び方してる。もうちっちゃい子供じゃないんだから、せめてくん付けにして欲しいよ」

「あらやだ生意気になっちゃってまあ。そういう割にはナッちゃんって呼ばないと起きないくせに」

「……うっ」

正に今朝の事だ。

ボクの意識が浮上する前から、彼女は何度も呼び方を変えてはねぼすけを起こそうとしていたのかもしれない。

そしたら目覚めた呼び方が『ナッちゃん』だったのか。

なんとも気恥ずかしい。

「伸ばしてた手を握ってあげたら離してくれないし。そんなところが可愛いったらないわねぇ」

「もうその話はいいってば！　ウミ姉ももういい大人なんだからそんな子供じみた言い方は卒業しろよ！」

思わず声を荒らげてしまった。

ゆっくりと、車が停車する。

偶然、赤信号で停まったからだけど。ウミ姉が長い髪をわずかに揺らしながら、にゃあ～とよろしくない笑みを浮かべた。

愉しい玩具を見つけた悪戯猫のようだ。

「…………しろよ？」

催促するようにウミ姉が言葉尻を返してくる。

これは危険だ。

もしココで言葉を間違えようものなら、ボクはこの逃げ場のない車内で、いや下手をすれば今日一日いぢり倒される可能性すらある。

ウミ姉が何を求めているのか、冷静かつ慎重に答えなければ！

「えっと。ボクも年頃の男子なので、そういった出来事をおおっぴらに話すのはご勘弁していただきたくッ……」

「んんー？　どうしたのかなー？　いきなりそんな変な喋り方しちゃって」

ダラダラと流れるこの汗は、夏の暑さだけが原因じゃない。

というかこれでもまだ許してくれないのか。

別に本気で怒っているわけじゃないはずだけど、一体何が望みなのか。

「ねぇ、ナッちゃん。突然なんだけど、起きる前にシャッター音とか聞こえなかった？」

「な、なんの？」

「カメラの」

「……スマホの？」

「それ以外にある？」

嫌な、予感がした。

もしかしなくてもボクは、事前に用意されていた地雷のスイッチを自ら進んで踏み抜きにいったのかもしれない。

その予感が確信に変わったのは、ウミ姉が自分のスマホの画面を見せつけたからだった。

ぷらぷらと左右に揺れるその画面には、ウミ姉の綺麗な手をしっかり握る安らかな寝顔の少年が写っていた。ついでに、自撮りのようにピースしてるウミ姉も一緒だ。

「上手く撮れたからナッちゃんのスマホにも送ってあげるね」

「なんて堂々とした嫌がらせを⁉」

「そんなに嫌？」

「自分が寝ている写真を送られて喜ぶ人は普通いな――」

ぴろりん♪

「ほんとに送ってきたよこの人⁉」

「職場でナッちゃんの事を訊かれたら、この写真を見せてあげよーっと。ウチの可愛いナツは私の手を握ってないと眠れないんですよー、みたいな？」

「そんなウチのペット可愛いでしょみたいに説明されるの⁉」

い、一体どうすれば許してもらえるんだろうか。

学校に着くまで三十分もない。それまでになんとかしなければボクが手を出せない場所

で大変不名誉な話題が広がってしまう。

「くすくす、せいぜい自らの暴言を後悔するがいいわ」

「うぅ、ほんの出来心だったんだよぅ」

「どーしてもっていうなら……そうねぇ。呼び方が発端だし、ナッちゃんにもそういうお願いをきいてもらおうかしら」

「な、何をすれば……」

「今日一日、私を〝海華ちゃん〟って呼ぶなんてどう？」

予想外のお願いにボクは反応できなかった。

それはまったく理不尽なお願いではない。恥ずかしい写真をバラまかれるのに比べれば、全然たいしたことじゃないのだ。

――きっと陽兄なら、こんなの笑って了承するだろう。

とても簡単にその光景が想像できてしまう。

『そう呼んで欲しいならナッにも頼めばいいぞ』ってこっちを巻き添えにしてきたに違いない。

ボクにはとても真似できないけれど……。

「ウミ姉は……ちゃん付けで呼ばれて恥ずかしくないの？」

「『その年で?』って含みがあるように聞こえるのは気のせいかなぁ」

「滅相もないです！　問題なければ誠心誠意呼ばせていただきます！」

「ん、よろしい。それじゃあ今から二十四時間後までね、はいスタート」

その合図と合わせたかのように、自動車が信号待ちから解放された。

座席のシートにもたれながら身体の力が抜けていくのは、少なからず安堵したからだ。

そのまましばらく、ボーッと窓の外を眺める。

路線に縛られた電車とは違う景色は新鮮だけど、それよりもウミ姉とこんな時間に一緒に車で移動している方が珍しい。

いつもより寝坊して良かった。などと、ダメダメなことを考えてしまった。

せっかくだから何か面白い話題でもないだろうか。

そういえば、お腹が空いたら食べていいと言われた袋が足元にあるんだっけ。中には何が入っているんだろう。

がさごそと見慣れたエコバッグを漁り、手に触れたおにぎりらしき包みを取り出そうとすると、

「ナッちゃん」

ボクから話を振る前に、彼女に呼ばれた。

「ウミ姉どうかした？」

「はい、ぶっぶー。減点1」

「あ」

反射的に呼び返してしまい、バッテンをされてしまう。

「ちなみに減点回数に応じて、海華ちゃん呼びが一日延びます」

「横暴すぎでわ？」

「ナッちゃんが油断しなければ済むでしょ。というか、さっき言ったばっかりなのにもう忘れてるし……」

「……ごめんなさい。もうしないから許してぇ海華ちゃ～ん」

お姉ちゃんに甘えるシスコンの弟になったつもりで、過剰なくらい媚びてみるチャレンジをする。

「んー、媚びる気満々なのがちょっとねー。珍しいものが見れた分でおまけのおまけで三十点ぐらい？」

「お気に召さなかったのは十分伝わったよ……」

「ふつーでいいのよ、ふつーで」

「……はぁ。それでどうした海華ちゃん」

今度はリテイクされなかった。

「寝てる時に嫌な夢でも見た？」

「…………」

「……話したくない？」

沈黙を図星だと受け取って、ウミ姉はそう言っている。

けれど、それは大きな誤解だから。

ボクは首を振ってそれが間違いだと示した。

「良い夢だったよ」

ウミ姉と、陽兄が一緒にいてくれた。あの頃の夢が悪夢のはずがない。

それが夢だとわかって悲しい気持ちにならなければ、もっと良かったけれど。

目覚めた時にウミ姉が傍にいてくれたから、複雑な気持ちに呑みこまれずに済んだ。

「それなら良かったわ。どんな夢だったの？」

「内容は……ごめん、上手く思い出せないや」

「そっかー、まあ夢だものね」

嘘をついてごめんなさい。そう心の中で謝った。

だって夢の内容を話せば、きっとウミ姉は気にしてしまう。

まだ癒えることのない傷をボクが広げたくなんてない。

「まあ、悪い夢じゃなくて安心したわ」

「なんで悪夢だと思ったの？」

「……ナッちゃん、泣いてたから」

その言葉に、思わず目尻に指を当ててしまう。

起きてすぐに顔を洗ったので、涙の跡なんて残っていやしない。

今となっては確かめる術もない。

泣いていたというボクは、楽しかったあの頃の郷愁に駆られたのだろうか。それとも涙が零れるぐらい嬉しかったのだろうか。

あるいは——なんでコレが現実じゃないのかと絶望したのかもしれない。

コレが虚構でなければ、こんなにも心を乱されずにすんだのに、と。

「……ウミ姉。このおにぎり、すっぱくない？」

「あら、当たりの梅干し引いちゃったのね。でもすっぱい方が梅干しは美味しいでしょ」

「……それにしたってすっぱいよ。目が冴えちゃうくらいだ」

愚痴を零しながらも、ボクはちゃんとそのおにぎりを食べきった。

◇　◇　◇

「それじゃあ行ってらっしゃい！」

「送ってくれてありがとうウミ姉。そっちも行ってらっしゃい」

学校の近くで降ろしてもらい、ウミ姉を見送る。

スマホの時計を確認したら、普段より少し早いくらいの到着時間だった。

これなら急ぐ必要はないと校舎に向かってのんびり歩いていくと、

「よお、ナツ。車で登校とはいい御身分だな！」

わき道からツンツン金髪の変なヤンキーが現れた。

夏休み直前だというのに、大分ハッチャけ気味なクラスメイトのゴローだ。

「今日はたまたまだよ」

普段なら電車かバスだしね。

「おはよう、ゴロー。今日も暑いね。こんなところで何してるの？」

「至ってふっつーに挨拶してきたなこの野郎。人がせっかく友の姿を見つけて会いにやってきたっていうのに」

「わざわざ遠回りしてまで？　そんなに一緒に教室に行きたかったの？」

「そーだよ。夏休みどうするかの話もしてーしな」

ボクを見つけたと口にした辺り、どこかで横を通り過ぎていたんだろうか。よく周りを見ている奴である。

「とりあえず教室まで行こうか。ここじゃ暑すぎるよ」

「そーだな、早く冷房がガンガンに効いた場所に避難してえわ」

二人並んで正門の方へと向かい、歩いて登校してくる生徒に紛れるように昇降口から校舎内へと入っていく。

もしかしてゴロー以外にもボクが車で送ってもらっているところを目撃した生徒がいたり、あるいは先生に見られてたりしたかな？　とも思ったが幸い誰かに引き止められることはなかった。

二階の教室に辿りついて自分の席に学生鞄を置くと、前の席に後ろ向きで座ったゴローがニヤリと笑う。

「お前の夏休みの予定はどうなってんだ？」

「外せない予定がひとつあるぐらいで他は決まってないけど、出来る限りお金を貯めたいかな」

「出来る限りって……まさか貴重な夏休みを労働漬けで過ごそうってか？　やめとけやめとけ、輝かしい青春の一夏が金まみれの灰色になっちまうぞもったいない」

「……そういうもの？」

「そうだぜ！　別に欲しいもんのために働くのも悪かねえさ。けど、オレ達ぐらいの若者は明るく楽しく過ごすべきだ！　ダチと徹夜で遊びほうけたり、彼女とイチャついたり、推しメンのコンサートに行きまくったり！」

「ゴローはよくコンサートに行くよね」

この前もすごい倍率が高いチケットが手に入ったとか喜んでたっけ。

「おう！　中々骨が折れたけどな、ゲットできてよかったぜ。あんな最高のコンサートに行けなかったら、死ぬほど悔しがってただろうからな」

「いつも思うけど、よくそんなに毎回チケットを取れるね。難しいものなんじゃないの？」

「愛と根性があればイケる！　……おい、その疑いの眼差しをやめろ。嘘はついてないぞ？強いていうなら、たゆまぬ努力と豪運が絡むのは否定しないが」

「その努力が別のものに活かされていればなぁ……。去年の始業式直前に『宿題手伝ってくれー！』って泣きつくこともなかったのに」

「その節は大変世話になりましたーーー!!」

この単純かつ元気に溢れる友人は、バカをやることも多いがどこか憎めない愛嬌がある。

羨ましい限りだ
ボクの数少ない親友であるゴロー。

コイツとはお馬鹿な話や遊んでるゲームの話題が多いけど、困った時にはお互い様な感じの仲である。

以前から悩み過ぎるボクを助けてくれたのは、この優しい友達だった。

「まあオレのコンサートや勉強事情はいいとしてだ」

「いいんだ?」

「労働ばっかりはどうなんだって話だよ。そうしたい事情があるのもわかるけどな、特にお前は」

「別に、ボクだけが大変なわけじゃないから」

「変に謙遜すんなよ。大変なら大変って言やいいだろ」

ゴローは思った事をあまり隠さない。そういうサッパリしたところが好きだ。

今の言葉はコイツなりに気遣ってくれたんだろう。

元々ボクの家庭環境はあまり普通ではない。

両親が早くにいなくなり、そのあとは兄弟二人でなんとか暮らしていた。

そのために陽兄はどれだけ苦労をしたのか。本人はあまり口にしなかったけど、間違いなく苦労をかけたはずだ。

ボクに出来た事といえば迷惑をかけないよう心がけ、炊事・洗濯・掃除などの家事を手伝うぐらい。

それでもなんとか自分達なりに協力しながら、ボク達は暮らしていた。色んな人にも助けてもらえた。ウミ姉やゴローがその代表格。二人のおかげで寂しさや悲しみがどれだけ紛れたことか。感謝してもしきれない。

だから、直接伝えることはしないけど偶に宿題を写すぐらいは全然構わないさ。……毎日はさすがにアレだけどね。

「まあ、オレよりずっと大人な美人が傍にいるからな。大変さも許容できるってもんか？」

「いやぁ、ウミ姉はアレで割と抜けてるし、子供っぽいトコがあるからなぁ」

「そんなこと言って、美人のお姉さんに色々お世話してもらってるんじゃねえのかー？このこの」

「肘でぐりぐりするなってば」

「で、実際のとこは？」

「うーん、お互い持ちつ持たれつ。割合はウミ姉の方が多いけど、変に失敗したりとかはないよ。むしろ――」

そう言いかけて、言葉に詰まった。

それは気兼ねなく口にしてはならないと、ブレーキがかかったのだ。

けっこう幸せな方かもなんて、気軽に言えやしない。

「むしろ？」

「いや、なんでもないよ」

「そっか。まあ皆まで言うな。お前からすれば海華さんとの暮らしは複雑だろうし」

「……そのオレはわかってる感が少しモヤッとする」

「はあ？　実際かなりわかってる方だろ。前に海華さんに関して相談してきたのはドコのどいつだよ？」

「うっ」

「ま、お前が大丈夫そうならしつこく聞かねえよ。応援でもしてるさ」

ボクの秘密を知っているゴローがそう言ってくれて、ほっとした。

以前、その秘密のせいでパンクしそうになったボクの話をコイツは真剣に聞いてくれた。

それで解決できたわけではなかったけど、少なからず心が軽くなったものだ。

この恩はいつか何かの形で返そうと、密かに決めている。

「ありがとう、ゴロー」

「礼なら女の子を紹介してくれるだけでいいぞ」

……そんな返し方は思いつかなかった。

さすがはゴロー。

「なんちゃってヤンキーに紹介できる女の子なんて、ボクの知り合いにいると思う？」

「そこはアレだ。海華さん経由でどうにかするとか」

「絶対イヤだ」

「即答かよ！　もうちょっと悩めよ！」

「悩む余地がないんだよ、どこにも！」

「しょうがねえなぁ……。じゃあ夏休み中に付き合う日を確保する形で手を打とうじゃねえか」

「えっ。ゴロー、ボクとデートしたいの？　いつからそんな趣味に目覚めた？」

「悪趣味な冗談はよせ!?」

「あははっ、ごめんごめん」

「おっ、なんだなんだ。楽しそうだな」

「蒼井とゴローが何かやってるぞ。オレらも交ぜろ交ぜろ」

その後、体育館に全校生徒が集められるまで、クラスメイトと一緒に夏休みをどう過ごすかについて盛り上がったのだった。

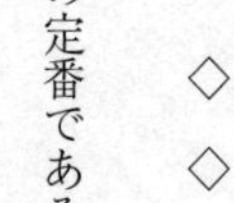

校長先生の定番である長いお話に耐え、成績表や宿題等を受け取って、お昼前に学校は終わった。

そのままゴローと一緒に他愛のない話をしながら昼飯を食べた後に、予定どおりの場所へと向かう。

学校と家の中間ぐらいにある百均ショップのバックヤードで、とある人のサポートをする。それがそれなりに続けているボクの労働だった。

「円さん、お疲れ様です」

「ん。お疲れ、ナツ」

げてきた。
　関係者用の裏口近く。煙草を咥えている作業着&エプロン姿の女性が「よっ」と手をあ
はたかれた。
　やっぱりというか。その仕草はゴローとかなり似ているのだけど、前にそれを言ったら
「おい、あのアホはどうした？」
「ゴローなら昼食のあとに『オレは風になってくる』って別れましたけど」
「……アイツ、逃げやがったか。後でシメる」
　後ろでまとめた茶髪を揺らしながら、不穏なお言葉が発せられる。
「ゴローも呼んでたんですね。今日は忙しい日ですか？」
「この暑さで体調を崩したヤツがいてね。せっかくだから手のかかる弟をこき使ってやろ
うとしたんだが」
　暑苦しそうに「あっちいなあったく」と文句を口にしながら、片手でシャツの胸元を前
後にバサバサ動かして風を送り込む。
　そもそもがかなりワイルドな女の人で、そこらの男よりも男らしい時もしばしば。昔は
けっこーヤンチャだったとはどこぞの弟の談だ。
　頭が上がらないという点では、お手伝いをさせてもらってるボクも同じだけども。

「仕方ない。我が愚弟の分もナツに頑張ってもらうとするか」

「お……お手柔らかにお願いします」

「ハハッ、そんなに怯えるな、冗談だよ冗談。アタシが可愛い弟の友達に割を食わせるわけないだろう」

バシバシと肩を叩かれながら一安心する。

あの感じは割と本気だったからね……。

「作業着に着替えたら事務所に行ってくれ。私も少ししたら行くからそれまで待ってろ。あっ、冷蔵庫でジュース冷やしてるから適当に飲んでいいぞ」

「ありがとうございます！」

きっぷがいいのが円さんのカッコイイところだ。

ゴローはよく文句をいうけど、円さんは円さんでいいお姉さんに違いない。

それからしばらくは、ダンボール箱を運んだり積み下ろしをしたり、パソコンで簡単な入力をしたりと労働に勤しんだ。

そんな折、ポケットに仕舞っていたケータイが震える。

メッセージならば後回しにするが、電話だった。なので円さんに声をかけてから一旦店の外へ出る。

画面に表示されているのはウミ姉の名前だ。

『あ、もしもしナッちゃん？　ごめんね、仕事中なのに電話しちゃって。いま大丈夫？』

「大丈夫だよ」

『実は急遽打ち上げに行くことが決まったの。だから本来は私が用意する日なんだけど、夕ご飯までには帰れないと思うから――』

「わかった、夕飯は自分でなんとかすればいいんだね。ウミ姉の分は別にいらない？」

あ。

言い終わってから気付いた。今はちゃん付けで呼ぶんだったっけ。

だけどウミ姉が呼び方に気づいた様子はない。

『うっ、どうしようかな。帰った後に食べたくなったら困るし……』

「それじゃあ一応用意しておくよ」

『うん！　それでお願い！』

「あんまり飲みすぎないようにね。何かあったら連絡していいから」

『ありがとーナッちゃん。それじゃあねー！』

プツッと通話が切れる。

ウミ姉からの電話は特別なものではなかったけど、今夜の予定は少し変わる程度には影響があった。

「夕飯、何にしようかな……」

一度家に帰ってからスーパーに行くか、それともコンビニとかで適当に買ってしまうか。

夕飯のメニューを考えつつバックヤードに戻ると、ニヤニヤしている円さんが待ち構えていた。

「彼女か？」

「違いますよ」

「じゃあ好きな相手からだったか」

「なんでそう思うんです？」

「そういう顔をしてたからだ」

そういう顔とは一体どんな顔なんだろう。

そんな疑問を抱きつつもボクの鼓動は速まっていたが、なんとか顔には出さずに取り繕う。

「からかうのはよしてくださいよ。電話してきたのはウミ姉なんですから」

「ああ、お姉さんからか。緊急か？」

「いえ、打ち上げがあるから帰りが遅くなるって連絡でした。今日の夕飯はコッチでどうにかして欲しいって」

「ふーん、そりゃあ大変だな」

「仕事の一環みたいなものですから、しょうがないですよ」

「あんたは聞き分けがよすぎるんじゃないか……？　まあいいけどさ」

「そんなわけで円さん。少し働く時間を増やしてもいいですか」

「おいおい。アタシとしては助かるけど、いいのかい？」

「はい。ウミ姉が帰ってこないなら、ちょうどいいかなと」

「そっか。なら無理しない程度に手伝ってけ」

「ありがとうございます！」

そう、ちょうどよいのだ。

長く働けばその分お金も貯まって、今後の役に立つ。

そう考えるのは正しいはずなのに、どこか残念に思う自分がいる。

……ダメだなぁ。こんなんじゃ。

うだうだしそうな自分を振り切るように、ボクは首を大きく横に振るのだった。

いくらか悩んだ結果、ボクは近所のスーパーで適当な物を買い足していた。

あまり調理時間が長いものや凝ったものは無理だけど、一般的な料理ならボクでも作れる。料理も陽兄の方がずっと上手かったけれど、その陽兄が教えてくれた物を含めればレパートリーは二倍だ。

ウミ姉を足せば三倍……にはならない、残念ながら。

あの人は控えめに言って料理ができるタイプじゃない。独創的なセンスに関してはズバ抜けてると評すべきである。

本日のメニューは白米に納豆。ダイコンと油揚げの味噌汁にほうれん草のおひたし。焼き鮭と生姜焼き等を二人分用意した。

帰ってきてからウミ姉が食べるならそれで良し。

もし残ってしまっても、明日食べればいい。

ラップしておけばいつ帰ってきても大丈夫だ。ウミ姉はとても美味しそうに食べてくれる人なので、できれば一緒がよかったけどね。

夕食を食べ終えたあと。どこかのお店で盛り上がっているであろう人を未練がましく想像していると、ケータイが鳴った。

またもやウミ姉からだ。

それなりに夜遅い時間だけれど、これから帰るという連絡だろうか。少しだけ心を弾ませながら通話ボタンを押してみる。

「もしもし？」

『もしもし、こんばんは。白鐘さんのご家族ですか？』

白鐘はウミ姉の苗字だ。

けれどよく知る番号からかかってきた誰かの声は、知らない男のものだった。

一気に緊張感と警戒心が増していく。なんでウミ姉のケータイからこんな電話がかかってくるのかわからない。

ボクは、前にもこういう電話を受けたことがある。

一年前を思い出して、一気に背筋が寒くなった。

「ウミ姉に何かあったんですか⁉」

『わっ⁉　びっくりした！』

「あ……すいません」

『いや大丈夫。こちらこそすまない、知らない人からの電話で驚かせてしまったかな』

「あの、どちらさまですか？」

『柴といいます。白鐘さんと一緒に打ち上げに参加していたんですが、ちょっと困った事態になったので電話をさせてもらいました』

「困った事態？」

なんだろう。

相手の話しぶりからするに、大事でもなさそうだけど。

『白鐘さんが大分酔っぱらってしまってそれで――』

『だーいじょうぶだって！　私はひとぅりでちゃんと帰れますくぁらーーー』

いきなりの大声が耳を貫通してビクッとなった。

絶対大丈夫じゃないヤツだコレ。

『し、白鐘さん落ち着いて！　ケータイをコッチに渡してください。そう、そうです。……ふぅ、すいません話の途中で』

「……今ので大体事情は察せました」

何やってんだろ、まったくもう。

『それで白鐘さんはああ言ってるんですけど。やはり心配なので家まで送ろうとしたんですが、その、場所がわからなくて』

「なるほど」

そこまで聞いたところで合点がいった。

「それでしたら迎えに行きます」

多分コレが一番早い。

『え？　そうですか？　でも――』

送り届けるから大丈夫ですよと続きそうな気がしたが、ボクはその言葉が出る前に押しきっていく。

「どこにいるか教えてください。すぐに行きます」

かなり強引だったかもしれない。

それはもちろん、これ以上相手に迷惑をかけないためなんだけど。

――それ以上に、知らない男に送ってもらうのが嫌で、そうされるぐらいならボクが迎えに行きたかった。

教えてもらった居酒屋さんには電車を乗りついで向かった。自転車でも行ける距離ではあったけれど、それでは帰りが困る。

お店の近くに到着すると、店前でへべれけになっているウミ姉とスーツ姿の男が一緒にいた。

あの肩を貸している、仕事ができそうな雰囲気の人が柴さんだろうか。

「あっ！　ナッちゃんだ〜、お〜い！」

ウミ姉が真っ先にボクの姿を見つけて手を振ってきた。

一見大丈夫そうに見えなくもない反応だけど、顔は赤い上にとろーんとしてるわテンションは高すぎるわで、普段のウミ姉を知ってるだけに全然大丈夫そうじゃない。

「……どれだけ飲んだの？」

「ぜ〜んぜん飲んれらいよ〜♪」

余りにもわかりやすい答えだ。

とりあえず酔っ払いは一旦置いといて、ゆっくり男の人に頭を下げる。

「すいません、お手数をおかけしたみたいで」

「えっと……キミが白鐘さんの迎えかい？」

「はい。あなたが柴さんですよね？　さっき電話をくれた」

「ああ、うん。でも、キミみたいな子が来るとは予想外だったな……」

柴さんはちょっと困惑していた。

迎えに来るのが、ボクのような子供だとは思ってもみなかったんだろう。

「まさか、キミが例の白鐘さんの彼氏……なんてわけじゃない、よね？」

「ええ。あえて言うなら彼氏は兄の方です」

「そうなんだ。キミのお兄さんは何か用事があって来られなかったのかな」

内心を正直に告白するなら、何言ってんだコイツ以外ない。

よくもそんなあっさりとまあ。用事も何も、陽兄がココに来れるはずがないだろうが。

「……そうなりますかね」

ふつふつと嫌な気持ちが湧きあがってくるのを感じながら、ひとまずウミ姉をさっさと渡してもらう。

こんなヤツにこれ以上預けるのは御免だ。

「ウミ姉、ほら迎えに来たからコッチへ」

「は〜〜〜い」

柴さんから奪い取るような形でウミ姉に肩を貸す。柔らかな、けれど確かな重みがかかってバランスが不安定になるが、そこはグッとこらえた。

「それじゃ、後はこっちでどうにかしますので」

「大丈夫かい？　そのまま帰るのは危ないいんじゃないかな。キミたちさえ良ければ、やっぱり家まで付き添って――」

「ありがとうございます、でも結構です。これ以上は迷惑ですから」

この迷惑という言葉は二重の意味で柴さんに放ったものだ。

あなたにこれ以上迷惑はかけられない。

そして、これ以上はこっちが迷惑だと。

「わかったよ、それじゃあ気をつけて」

相手がどう受け取ったのかはわからないが、柴さんはそれ以上何も言わずに見送ってくれた。

視線を背中に感じながら、ボクらはゆっくりと店の前から離れていく。

少しだけ路地を進めば、すぐに広いメインストリートに出られる。そこからはタクシーを拾うつもりだ。なんだったら駅前の乗り場まで行く手だってある。

「ほらウミ姉。しっかり歩かないと危ないよ」

「うんうん、わかってるわかってる。あれ？　柴さんは～？」

「さっき店の前で別れたでしょ」

「あ～、そっか～」

このやり取り、『ばーさん飯はまだかいのー』というセリフが浮かぶなぁ……。

「ふふっ、ナッちゃんにこうしてもらうの久しぶりかも。ほれほれ、しっかり支えたまへ、男の子だろ～」

「そんなわざと体重かけてきたら、支えられるものも支えられないよ。……わかった、ウミ姉がそうするならボクにも考えがあるよ」

「おお？　なにか名案閃いちゃった？」

「ちょっとそのまま立っててね。………よし、はいどうぞ」

「あらあら、乗り心地の良さそうなお背中ですね～？」

しゃがんでおんぶ待ちをしているボクを見て、ウミ姉がくすくすと微笑む。

一応やる前に「おんぶは恥ずかしいからちょっと」とゴネられるのを覚悟していたけど、

「どーん♪」

むしろ面白がって躊躇なくのしかかってきたので、完全に杞憂だった。

ちゃんと支えられるかを確認してゆっくり立ち上がり、今度こそ真っ直ぐ大通りを目指し始める。

「ナッちゃん、割と力持ちなんだ。さくさく進んでる」

「そこそこ重いダンボール箱をしょっちゅう運んでるからかな」

「ふ〜ん……。ぶっちゃけ、いま重い？」

「すごく重い」

「ちょっとー、そこは『ウミ姉は羽根みたいに軽いよ』っていうところじゃないのー⁉」

回した腕で首を絞めてくるウミ姉。

いや、そんなの思いつかないし思いついたって口にしないからね？

ウミ姉は背が高い方だしさ。

それになんだよ羽根みたいに軽い人間って、いるわけないじゃんそんなの。

「『いるわけないじゃんそんなの』って考えたでしょう？」

「えっ！　もしかして声に出してた？」

「冗談だったのにほんとに考えてたのか、こいつめ〜！」

「くびっ⁉　だから首が⁉」

まあ、ウミ姉も本気で絞めてきてるわけじゃない。

ただじゃれてるだけだ。大げさに反応するボクもそうだ。

傍から見たらバカっぽいやり取りが、じんわり胸に沁みた。

路地を抜け、明かりの多い大通りに出る。

子供であるボクからすれば遅い時間でも、大人達の夜はまだまだこれからららしい。

入口に提灯がかかった飲み屋のガラス戸の向こうは、静かな酒飲みで席が埋まり、別の店では二次会に行こうとするスーツ姿の若者達が騒いでいる。

これから帰る人、あるいはどこかへ行く人。

そんな方々の中をそーっと目立たないように移動すると、それなりに視線を感じる。こんな醜態をさらしている上に一応成人であるウミ姉をおんぶしているボクは、かなりの異物に映るのかもしれない。

自分の気持ちが整理できず、進むことも戻ることもできずに停滞しているボクのナニカが外に滲んでいる……なんて事はないと思うけど。

もし心配している人がいても、できれば声をかけないで欲しかった。

歩道と道路を隔てるガードレールに寄って左右を確認してみたけど、タクシーの姿はない。この場で待つという選択肢もあるが、やっぱり駅前に行った方が早いか。

合理的にそう判断したようで、本当の理由は別にある。ボクは、ウミ姉とこうしていられる短い時間を可能な限り引き延ばしたかったのだ。

「タクシーが見当たらないから、駅前まで行こう」

「は～い」

お酒臭い甘い息を吐きだしながらふにゃふにゃしている彼女の心地よさそうなこと。「よっ」と気合を入れて軽く上に弾むように支え直すと、「ん〜〜」と親に甘える子供のような声を出しながらウミ姉がもぞもぞと身じろぐ。

その際に、さっきよりも背中に身体を預けてきてくれた。

その行為（こうい）から彼女の信頼（しんらい）を感じとれて胸がポカポカする。決して密着時にむにゅん♪と形を変える柔らかい物で血圧が上がった……わけじゃない、はず。

ゆっくりゆっくり、ウミ姉をあまり揺らさないように整備された歩道を進む。

横を通り過ぎようとした初老の人が急に立ち止まり、訝（いぶか）しげにこちらを見ていた気がする。もう何人にそんな態度を取られたかわからないので、気にしない方が精神衛生上良さそうだ。

ああ、でも警察官に見つかったらさすがに引き止められるかも……？

「ねえ、今のボク達って他の人からどう見えてるかな？」

「決まってるじゃない。こんなうら若き乙女（おとめ）を酔っ払い扱（あつか）いして強引におんぶした挙句、自分の家にお持ち帰りしようとするイケナイ男の子でしょ」

「念押しするけど誰かに声をかけられても、絶対にぜーったいに今の説明はしないでよ?」

そんな歪曲された説明をされたら通報されかねない。

ギリギリ合ってて『乙女』と『おんぶ』と『男の子』ぐらいで後はウミ姉カスタムされてる。これじゃどう考えてもボクがヤバそうなヤツだ。

「しないしな〜い。それじゃナッちゃんが悪い人になっちゃうじゃない」

「……もしそうなったら『この人に脅されました』って逃げの一手を打つね」

「あらやだ。ナッちゃんも言うわねぇ」

赤信号で立ち止まり、道の先を見つめる。

まだ駅は見えてこないが、駅方面へ向かう人は増えてきたかもしれない。

「そろそろ自分で歩く?　あんまり注目されると大人なウミ姉は外聞が悪いんじゃない?」

「乗り心地がいいからパ〜ス」

「それならいいけど……」

なんて言いつつも、内心ガッツポーズしているとは伝えまい。

交差点の信号が青に切り替わったので、周りにいる人みんなが合わせたかのように動き出す。

ウミ姉が深呼吸か欠伸でもしたのか。濃い酒気が顔周りまで漂ってきた。

「でも珍しいよね。ウミ姉がそんなになるまで飲むなんてさ。飲み会自体あんまり行かないのに」

この人は別にお酒に弱いというわけでもない。ボクが知る限り家には何かしらのお酒が常備されてるし、晩酌だってそれなりにしている。お菓子とジュースを用意して付き合う事もある。

しかし、こんな典型的な『酔っぱらって一人じゃ帰れません危ないでしょ』な状態になったところはあまり見たことがない。

久々の飲み会でハメを外し過ぎたのだろうか。普段はボクがいるからって理由でかなりお断りしているから。

ボクが一人で寂しくならないように。

その気遣いはとても嬉しい。

けど、それでウミ姉の行動が縛られるのは複雑な気分になる。

「いつもだったらね～、ナッちゃんと一緒にご飯食べたいからお断りするんだけど～」

「そんなに大事な飲み会だったんだ？」

「そうなの～。毎回セクハラじみたお誘いしてくる人もいたけど、頑張って参加したの。

いやらしい目線向けてきてさ、バレバレだってのよまったく」

「……そんなヤツがいるの？　まさか柴さんじゃないよね？」

「ふへへへ！　ちょっと笑わせないでよナッちゃん！　あの柴さんがそんなことするわけないじゃない」

この口ぶりからするに、柴さんの印象は悪くないらしい。そしてセクハラさん（仮称）は他にいるんだな、気をつけとこう。

「まあひとつの節目？　みたいな。お世話になってる人が多かったし、どういう形であれこの後頼りにしないといけない訳だからさ。ご挨拶とお願いはしとかないとね」

「よくわからないけど、上手くいったの？」

「もっちろん！」

前方に伸ばした手でビシッとピースサインを決める。

「しっかりバッチリ休暇を勝ち取ったわ。これでナッちゃんとも一緒にお出かけできるわよ！」

「おお～」

有言実行したウミ姉に拍手をしたいが、両腕が誰かさんの膝裏にあるので無理だ。

今年はどうするのかと気になっていたけど、ウミ姉はしっかりとこの時期のお休みが取れたらしい。

なるほど、そのための飲み会であり、限界を超えたのは勝ち取ったお祝い感覚もあったのかもしれない。

「水着、新しいの買わなくっちゃ。ナッちゃんも一緒に選んでよ」

「え⁉　ボクが⁉」

「んんっ、どんなの想像したのかな。あんまりエッチなのは感心しないぞ～？」

ほっぺをツンツンしてくるウミ姉のウザ絡み。さっさと止めさせたいけど墓穴を掘ったのは自分自身なので反抗しづらい。

ああもうっ、ただでさえ暑いのに今のでさらに汗をかいたかもしれない。

「あっ、あー、見てウミ姉。駅が見えてきたよ、そろそろタクシーに乗る準備をしないと」

「恥ずかしいからって誤魔化さないの。というかタクシーに乗る準備って何すればいいのよ」

「お、お金がちゃんと足りそうか、確認する……とか」

強引すぎる話題の切り替えに、背中から吹きだす音が聞こえてくる。

「なにそれ、おっかしいの～。……あっ、おかしいといえばアレよ。ナッちゃん、私をちゃん付けで呼ぶの忘れてな――」

「アー、ちょうどタクシーが来てるのが見えたから急ぐヨー」

それ以上追及されないように、ボクの足はタクシー乗り場へ向けて加速した。

それからタクシーで自宅へと帰ってきたボクらだったが、玄関前どころかマンション下に到着した段階でウミ姉は大変グロッキーになっていた。

「う～……きもちわるぃ……車の揺れと匂いと熱気に酔ったぁ」

「頑張って、もうすぐ玄関開けるから！」

半ば引きずるように移動しつつ、一旦廊下にウミ姉を下ろしてから取り出した鍵で玄関扉を開ける。電気を点けてまわり、ついでに冷房を強めに設定することで空調を確保。

あとは、念のため冷たい水と酔いに効く薬を用意して——そこでまだウミ姉が家に入ってこないのに気づいた。

「あれ？　ウミ姉？」

まだ外にいるのか。もしかして動けないとか？

慌てて玄関扉を開けようとしたら、ドアが何かにゴツンとぶつかって半開きで止まった。

開いた隙間から覗き込むと、行き倒れのように倒れている情けない彼女がそこに。

「…………いたいよ、ナッちゃん」

「あーもう、なんでそんなところで倒れてるのさ！　ほら、立って！」

「むり。いま、私の頭は何かがぶつかってとっても痛いの。あまりの不幸に悲しすぎて力入んない」

「わがままか‼」

お酒が入ると子供っぽさが増す酒癖が、こんなところでも遺憾なく発揮されているようだ。こうなったらしょうがない。

ボクはウミ姉をお姫様抱っこして、彼女の部屋まで運んだ。おんぶよりも大変だった。

部屋についたら、ベッドに向かって半ば放り投げ——ようとして失敗してしまう。

「わわっ！」

放り投げようとした際にフローリングの床で足を滑らせて、ウミ姉の上に乗っかるような体勢でベッドにダイブ。「ふぎゅ⁉」と潰された人間の呻き声は当然ボクの物ではない。

「ご、ごめん‼」

「うぅ、お腹への的確な衝撃で中身出ちゃいそう。こ、これは絶対わざとに違いないわ……」

「事故だから！　間違いなく事故で、わざとなんかじゃないから！」

「…………」

「う、ウミ姉？　黙ってると怖いよ？」

ボクが上からどくと、無言のウミ姉がゆっくり起き上がってじろりとこっちを睨みつけてきた。いけない、完全に目が据わっている。これはかなり怒っているかも。

反省の意を示すために、床に正座して見上げる形で待っていると、

「…………お腹すいた」

とても呑気かつ気の抜けた一言に、がくっとよろけた。

「飲み会で食べてきたんじゃないの？」

「ナッちゃん、覚えとくといいわ。飲み会なんてのはね、ご飯を食べるよりもお酒を飲む割合が圧倒的に多いものなの」

「つまり、あんまり食べれなかったんだね……」

「……うん」

お腹をさすりさすりしながらしょんぼりする姿は、ご飯をお預けされたペットのようだ。

でも、そういうことなら念のため用意しておいた料理が活きてくるというものである。

「夕飯、あったためて持ってくるよ。用意ができたらノックするからさ」

「もしかして私のために？　ありがとうありがとう！　ナッちゃんのそういうところがスキ!!」

「ッッ。先に水と薬持ってくるから、必要なら飲んでね」

逃げるようにリビングへ。

気をつけたつもりだけど、顔は見られなかっただろうか。

それにしたって危ない。

事故とはいえウミ姉にのしかかった際の柔らかすぎる感触たるや強力すぎる毒だよもう。

もう少しぐらい警戒して欲しい、あんなの他の男になんてしたら何されるかわかったもんじゃない。

ボクだから良かったものの……いや、それだってたまたまだ。同じことがもう一度あれば本能に抗う自信なんてない。

……決して、決してあういう出来事なら大歓迎だやっほい！　なんて思ってない、思ってないんだからね！

妄想の中のウミ姉が「ナッちゃん……いっぱい触って？」とか言い出す前に、首が痛くなりそうなぐらい頭をブンブン振って平常心を取り戻す。

レンジやコンロを使って作り置きを温めている間、ついでにお風呂も沸かしておいた。

「よし」

あとはウミ姉が自分でどうするか選べばいいだけ。

温めた終わった料理をお盆に載せて、ウミ姉の部屋のドアをノックする。

「ご飯持ってきたよー」

しかし、返事がない。

まさか反応できない程、酔いが悪化してる？

そんなバカなと思いながら、ドアノブを回して中を覗く。

布団の上にいるウミ姉は――、

「……ぐぅ～」

思いきり寝こけていた。

自由すぎか。

さっきまでお腹すいたとか言ってたくせに……。

どうしよう。起こすか、このままにしておくか。

部屋にある小さなローテーブルの上にお盆を置いて、少しだけ様子を窺う。……とても気持ちよさそうに寝ている。夢でも見ているのかもしれない。今にも恥ずかしい寝言でも口にしそうだ。

その様子を見て、結局ボクは起こさない選択をした。

少ししたら勝手に起きるかもしれない。そんな適当な理由をつけて、しばらくそのまま居座ってしまう。

傍にいる時間を——少しでも長くしたかったから。

彼女は、両腕を枕に頭だけを横にしたうつ伏せで寝ていた。

多分「でゅへへへ」かな？　怪しげな笑い声を上げながらお休み中。

そういえばカジュアルなスーツ姿だったはずなのに上がシャツだけになっている。あれ？　ジャケットはどこへ？　と思ったところで。

「ちょっ」

シャツの裾がめくれておへそがちらりどころか、パンツが半脱げになって下着まで見えている事に気づいてしまった。

慌てて目を背けてからこっそり直そうとして……うん無理。近くにあったタオルケットを簡単にかけておく。

その後、床に放り投げてあるジャケットを発見した。今度クリーニングに出そうと考えつつ、拾ってハンガーにかけて吊るしていると。

「ん～～～……」

何やら呻きながらウミ姉が大きく寝返りをうつ。

その際に大移動する胸部が目に入ってしまい「わあ!?」と叫びそうになる口を、両手を使って力づくで押し止める。

なんなんだろうか。ボクは何か試されてるのか？　実はウミ姉は最初から起きてて高度なおふざけをしているのだろうか。理性バーサス本能、勝つのはどっちでショウみたいな企画か。

……そんなわけない。

これはたまたま。ってゆーか事故。ココから大事故になるかはボク次第かもだが。

………あの上に乗ったら気持ちよさそうだよね。

いけない。本格的に欲望の波が押し寄せてきそうだ。

仕方ないでしょ。さっきからこんな無駄に肉感的で色気のあるものを見せられてさ。なんか部屋中どころか目の前からいい匂いがするし、どんな感触がするかもさっき体感済みで……。

――まずいまずい、ほんとに負けちゃいそうだ。

もうこんなの変態だよ。

いや、好きな人とこうなってれば自然だって。

やめろ悪魔、籠絡しようとするな！

冷房で涼しくなっていく部屋の中で、自分の体温だけが変に高くなっている気がする。

落ち着け落ち着けと念じながらも、ボクの視線はウミ姉から離すことができず、ぷにっとした唇へ向けられていく。

——今なら……してもバレない？

——声をかけてみて、起きなかったら大丈夫だよ。

心の声に従ったように身体が動いてしまう。

「……ウミ姉、ご飯持ってきたよ。起きれる？」

わざと小声にすることなく、けれど大声でもない。

ウミ姉は起きなかった。

よし行け！

今です！

悪魔の欲望アンド天使の良心。

両方に背中を押されて、もう無心のまま布団に近寄る。物語でいうならお姫様を救う王子様ではなく、卑劣にも寝込みを襲う悪党だ。

でも、もう王子様になれないのなら……。

自分勝手に思い悩みながら、最低なボクがウミ姉に徐々に迫っていく。もしバレたらなんて気持ちはムリヤリ明後日にぶん投げて。

「ん……」

艶やかな吐息にお酒の匂い。

もう触れ合うまですぐそこだ。後戻りはしなかった。

ボクはウミ姉が――。

今だったら口にしてもいいかもしれない。

そうだよ、ここまで我慢し続けてきたんだ。少しぐらい解放しないと変なところで暴発するかもしれないじゃないか。

ウミ姉はこんなにぐっすり寝てるんだから、聞こえるはずがない。そうだろう？

……都合のいい話だった。

それでも言いたくなる気持ちが僅かばかり勝った。

ごめんなさい。

天罰なら受けます。

心の中でそう詫びて、正に口が触れ合う直前。

「……陽、くん」

それは──早すぎる断罪だった。

ウミ姉の口から漏れたそのたったひとつの呟き(つぶや)が、どこまでも重くのしかかり気持ちを沈め(しず)ていく。

「陽くん……行っちゃやだよぅ」

重ねてのソレは完全に心を壊す(こわ)ものだ。

顔を離すどころか、傍にいたい想いも一気に萎ん(しぼ)だ。もうこの部屋から急いで逃げたい気持ちでいっぱいになってしまう。

「ツッ」

でも、それは許せない。

こんな悲しげに涙を零してるウミ姉を放置したくない。

ひどく勝手だボクは。

自分がさっきまで何をしようとしたのか理解している。この場から逃げ(に)出したい衝動(しょうどう)もある。

ウミ姉が誰を求めているのか。

本当は誰に傍に居てほしいのか。それもわかっているのに。

そんな顔をしないでほしい。

わずかでもいいから、その悲しみを減らしたいと願ってしまう。

だから、ボクは。

去年に陽兄が亡くなったあと。悲しみに潰されそうだったウミ姉にしたことを繰り返す。

ボクと陽兄は兄弟だ。

いつからか声の感じや仕草も似ているとよく言われるようになった。

ボクら自身、相手が何を考えてるかをなんとなく理解できるぐらいに似ていた面もあった。

だからわかる。

こんな時、陽兄ならなんて言葉をかけるのかが。

偽物じゃ足りないかもしれないけど、それでも——。

「大丈夫だぞ、海華。俺はココにいるからな」

彼女の手を握りながら祈る。

どうか、ウミ姉がこれ以上悲しみに囚われませんように。

どうか……どうかお願いします。


少しだけ……時間が経って。

ウミ姉の様子が落ち着いたのを見計らって、部屋を出ていく。

顔をぬぐったシャツには涙の跡が残っていた。


「う、あ……あああアアァッッッ」

タオルケットを頭からかぶって、枕に顔を押しつける。強く強く、息が苦しくなるくらいに。

絶叫した。心の中で。

そうしないとウミ姉に聞こえてしまうかもしれないから。

ぐちゃぐちゃになった心はいつまで経っても元に戻る気がしない。

そんな気持ちのまま——ずっと泣き続けた。

今夏の始まりは提案と共に

大きな病院の廊下を走る。

途中で人にぶつかったりもしたけど、とにかく急いだ。

案内された部屋の扉は重く、室内は暗くて冷たい。

そんな部屋で、ボクよりも先に着いていたウミ姉が、陽兄に縋りつきながら肩を震わせていた。

「……陽兄？」

呼びかけながら枕元へ。

「陽兄！」

強く呼びかける。

どれだけ寝こけていても、こうすれば「よぅ、ナツ」って起きるのに。

陽兄はまったく反応せず、目を開けてくれない。

爽やかに笑いもしないし、人を笑わせようと変顔もしない。今にも「仕方ないなー」って億劫そうに起き上がりそうなのに……そうはならない。

陽兄の顔が突然ぼやけた。

海の中で目を開けたみたいに。

まばたきをしても変わらない。それどころかボクの視界がどんどん狭まっていくようだ。

息が苦しい。

胸の奥がズキズキする。

目から溢れる物が止まらず、陽兄に零れ落ちていく。

「起きろ陽!!」

こんな命令なんて陽兄にしたことはない。

それでも言わずにはいられなかった。

起きて、「悪い、驚かせたな」と。本当に済まなそうにしてみて欲しい。今なら「ふざけるな!!」って文句だけで許せるかもしれないから。

「もうちょっとでしょ。もうちょっとで……みんなで一緒に暮らせるってあんな……嬉しそうに」

『――後は、ナツの今後次第だけどな。それでもしばらくは、いつでも三人一緒だぞ』

そう言ってたのに。

そう願った本人が、突然こんな形で？

理不尽すぎる。

どこかにいるなら、神様は最低最悪だ。

「うぅ……うぇ……うわあああああああああ!!」

怒り、悲しみ、後悔、絶望。いろんなものがグチャグチャになって心の許容量を超えた。

泣き叫んだ。

体中が寒さに凍え冷たくなっていくようだ。ただ、背中だけが少しだけ温かくなった。

「ナッちゃん」

すぐ傍からウミ姉の涙声が静かに響く。

「……陽くん。私、約束するよ。絶対ナッちゃんを――」

一年前の夏。

事故で陽兄がいなくなった日。

三人が、二人になったあの時。

ウミ姉が何を想ったのか、ボクは未だに知らない。

◇◇◇

「うぅ～……おはよー、ナッちゃ――って⁉　ちょっとどうしたのそれ⁉」

「……おはよう。これは……その……」

なんて言い訳をしたものか。

ボクの目はやばいくらいに赤くなっていた。

原因は明らかだけどウミ姉に説明するわけにもいかない。時間が経てば治るだろうし、ここは強引に。

「酔っぱらったウミ姉が――ううん、やっぱりなんでもないよ」

「その振りは明らかに私がナニカやったパターンだよね⁉　え、あれ、嘘⁉　昨日の私は一体何をやらかしたの⁉」

「強いていうなら、夜中に学生が迎えに行く程度にハメを外してたよ。さっ、朝ご飯できてるから食べちゃお」

「うぅ、まったく覚えてない……。ごめん、ナッちゃん」

ごめんはボクの方だ。

ダイニングテーブルにつく際に心の中で謝りつつ、自分の皿に載っている目玉焼きの黄身を箸で割る。

朝食の間、申し訳なさそうにしていたウミ姉が腫れた目についてそれ以上追及してくることはなかった。

テレビを点けると、天気予報が映った。

今日の気温は三十三度を超える可能性がある真夏日だと、お天気キャスターが解説している。

夏休みに入ったばかりの時期でコレなら、数週間後はどうなってしまうのだろうか。冷房が欠かせない日々になりそうな予感しかない。

「ナッちゃん。今日の予定はある？」

「宿題をしようかなって考えてた。さっさと手をつけないと後で大変そうだからさ」

「あら、まっじめ～。夏休みの初日ぐらいぐーたらゴロゴロしたって罰は当たらないわよ？」

「ウミ姉がご飯作ったり洗濯物を干したり掃除をしてくれるなら、その分ぐーたら出来るけどね」

「わっ、私だってその気になればそれぐらい出来るし？　ただその……気が向かないとダメってゆーか、家事レベルはナッちゃんの方が圧倒的に高いわけで。私はナッちゃんの美味しいご飯が食べたいなーなんて思うわけよ」

自分の料理が食べたいというストレートな要求は嬉しい。

今夜のメニューはウミ姉の好きな物にしようかな。

「冗談だから気にしないで。ウミ姉だって今日はのんびりしたいんじゃないの？　取れたんでしょ、長期休暇」

「有給消化も兼ねてね、上司からもぎ取って来たわ！」

「ご苦労様です」

「いえいえ、こちらこそ。そうだ、今日は二人でお出かけしましょうか。昼食を外で食べればナッちゃんも楽でしょ」

なんとも魅力的なお誘いだ。

ただ……昨夜の事があるから、行きたくとも素直に頷けない自分がいる。

「楽だけど……宿題があるし」

「宿題とお出かけ、どっちが大事なの！」

元気が有り余っている問いかけだが、どっちが大事なのかって？　そんなの考えるまでもない。

「……お出かけ」

「はい決まりー。お昼前に出発しましょう」

楽しげなウミ姉につられるように、暗い気持ちが薄くなっていく。

断ったら彼女が悲しむのは目に見えている。それは望むところじゃないだろうと自分を納得させたのだ。

ズルイよね。

けど、とりあえずそれはそれとして。

「あのさ」

「んんっ、今日の目玉焼きの焼き加減はどうか訊きたいのかな？」

「じゃなくて。気付いてないみたいだけど、いつまでその格好でいるのかなーって」

「え？」

「服。酔っぱらって帰ってきた時のまんまだよ」

忠告されたウミ姉は本当に気付いていなかったようだ。

顔を赤くしながら急いで朝食を終えると、お風呂場に直行。しばらくして、部屋着に着替えてきたかと思えば。

「あの、昨日はお風呂にも入らず、大変お見苦しいところを見せてしまい……」

昨晩の醜態もまとめて思い出したらしく、すごく丁寧に謝られた。

その様子がおかしくて、遠慮なく笑いながら「あんなの今までに何回も見てるし、今更でしょ」と返したんだけど。

その態度がお気に召さなかったらしく、ボクは両頬をぐにーっと引っ張られる大変な目にあった。

昨日どこぞに置いてきた車をウミ姉が回収後。出かける準備を整えて出発した先は近所のショッピングモール。

今いるのはその一角にある水着売り場だった。

「さーて、どの水着にしようかしら。ナッちゃんはどんなのがいい？」

「ノーコメントで」

「つまんないから却下で」

面白い返しでも却下してたくせに！

なんて口にはしない、後が面倒だから。

「そう言われても……女性用水着の善し悪しなんてわからないよ。何着か見せてもらって、その中から選ぶとかならまだしもさ」

「ふむふむ、何着か見せればいいのね？　それじゃあ早速選んでくるわ」

しまった。適当に言うもんじゃない。

訂正しようにもウミ姉はさっさと水着コーナーで吟味を始めてしまっている。

まさかココまで誘導されてたのでは？　なんて疑問を抱く程度には展開がスムーズだ。

どうしよう、困ったなぁ。

ウミ姉から意見を求めてきてるわけだし、もういっそこれ以上ないくらいボク好みの水着を選ばせてもらうのも良いかもしれない。

もし、過激なデザインのを選んだらウミ姉はどんな反応をするだろうか。多分ボクをからかいながら、内心すごい恥ずかしがるんだろうなぁ。

「……それは見たいかも」

「こんなところで何してんだナツ？」

後ろから肩を叩かれて、ビョンと飛び跳ねてしまった。

誰だよビックリしたなあもう！

「って、ゴローじゃないか！　なんでココに？」

「お前こそってヤツだな。オレは買い物の付き添いだよ。ナツは……」

ボクが見ていた方。つまり女性用水着の店を確認したゴローが、何故(なぜ)か深く納得したようにうんうんと頷く。

「いいよな水着って。わかる、わかるぞ。アレは夏の醍醐味(だいごみ)だ」

「いや、絶対わかってないでしょ」

「どんな水着が最高に心をトキめかせてくれるか妄想してたんだろ？」

「それはちがっ――」

否定しかけて、あれ？　と思い直す。

間違ってないかもしれない。

細かいとこは置いといて、ボクはウミ姉の水着姿を想像してたのだ。

つまり、それって……。

「ボクがゴローと同類だってことじゃ⁉」

「失礼なヤツめ。大体オレ達は同級生のフレンズで青春の真っ最中だ。考えることも似てて当然だろう」

「……嫌な説得力を発揮しないでくれよぅ」

「なーに、別に恥ずかしがる必要ないだろ。エロいこと考えるのなんて日常茶飯事(にちじょうさはんじ)なお年頃なんだ。あーでも、女性水着の店を眺めながらでアレな妄想するのは猛者(もさ)だわ」

「そんなんじゃないから⁉　今はただココで待ってるだけッあいたあ⁉」

反論しようとした瞬間。

ボクとゴローの頭にゴンゴンと拳骨が降ってきた。

「おい、店の前でぎゃあぎゃあ騒ぐなジャリ共。営業妨害でシバかれたいのか？」

「あいたた……円さんまで居たんですね」

「なんだ居たら悪いかのように聞こえるな。アー……そうか、妄想にふけってるところは見られたくないわな」

「ふけってませんから！」

こっちには外でそんな妄想をする気概も度胸もない。

発想がゴローと同じなのはさすが姉弟といったところか。

「まさか……着るのか？」

「あり得ないと確信しながら訊いてますよね？」

「はぁ、つまらん返しだなぁ。出直してこいと言ってやりたいが、ここで何してるのか教えたら許そう」

「高圧的な姉貴は無視していいから、オレに教えてくれよ。つか、まだ飯食ってねえならその辺で一緒にどうだ？」

異なる部分はあれど、二人共同じ事が知りたいようだ。
血の繋がった姉弟だとこういう所も似るのかもしれない。ボクも陽兄と思考が被ること
なんてザラにあったし。
ただ……正直にココにいる理由を話してもいいのだろうか。
ちょっと迷う。
別に隠したいわけじゃないけど『ウミ姉の水着を一緒に選ぼうとしてました』なんて説
明したら引かれるでしょ普通。
一応ウミ姉の事を知っている二人にそんなからかいの種を蒔くのもどうかと思うし、な
んか友達や知り合いに家族を紹介するような気恥ずかしさもあるわけで。
ここはそれっぽい理由をつけて適当に——。
「ナッちゃーん。とりあえず三着見せるから、こっちきて選んでー！」
うん、ウミ姉はなんて最高のタイミングで呼んでくれるのかな！
もしかして見計らってた？　ってぐらいバッチリだよ。
「ナッちゃん、あのキラキラしてる人は誰だ」

「元気良さげな彼女が手ぇ振って呼んでるぞ、ナッちゃん」

「二人に揃(そろ)ってそう呼ばれる日が来るとは予想してなかったよ！　素直に白状すると、ボクがココにいる理由はあの人です！」

やけっぱちになってゲロッたボクを見て、水着を抱(かか)えたウミ姉が不思議そうに首を傾(かし)げていた。

「ウチのナッちゃんがいつもお世話になっています」

「こちらこそ。ナツの働きっぷりには助けられてるよ」

一旦買い物を中断して、ボク達は別フロアの喫茶店(きっさてん)に移動していた。ボックス席で向かい合っているウミ姉と円さんが程よい挨拶をしている。

内容に自分自身が絡んでいるのが大分気になるが、そこに割り込(こ)むなんて無粋(ぶすい)な真似はしない。というか、ポジション的にできない。

助けを求めるようにゴローへ視線を向けたが、付き合いの長いクラスメイトはウミ姉しか見てないのでコッチに気づいていないようだ。

「ゴローくんもナッちゃんと仲良くしてくれてありがとね」

「光栄ッス！　ナツシくんとはいつも楽しく遊ばせてもらってるし、一緒に勉強もしてるんで大助かりッス！」

「なんだそのキャラ付けは、柄でもない。大体勉強してるとは？　お前が一方的に教えてもらってるだけだろ」

円さんとボクの感想が完全に一致した。

ゴローは「姉ちゃんは黙ってろっつうの」と反抗したけど、それは悪手だ。ほら、刃向かったからアイアンクローされた。

「いだだだだだ⁉」

「すまんね。うるさい弟で」

「いいえ、元気そうな弟さんですね。ナッちゃんは教室で一人静かにしてて、あまりバカ騒ぎしそうにない子なので。もう少しヤンチャでもいいなって思ってました。だからゴローくんみたいな子が近くにいるなら良かったです」

ウミ姉がニコニコしながら横に座るボクへ顔を向ける。ああ、この顔は本気でそう思ってるヤツだ。

まあ、確かに楽しいし色々助かっている面もある。

ゴローは基本明るくて交友関係も広めだ。おそらく周りがボクに抱く印象の反対にいるタイプだろう。

そういう意味では陽兄に近いかもしれない。いつも明るく楽しそうで、友人も多かったから。

……もしかしてウミ姉。こういうのが好みだったりするんだろうか。

だとすればボクはソコから大分外れてるよなぁ……。

「ゴローくん、これからもナッちゃんと遊んであげてね。あ、ついでに暇だったらお姉さんとも遊んでくれるかな？」

「あ、遊ぶ⁉　もちろんッス！　常時ヒマなんで幾(いく)らでも声かけてください‼」

「ほぉ……そんなに暇ならアタシとも遊んでもらおうか。とりあえずデータ入力勝負か倉庫整理合戦辺りで」

「うえぇ⁉」

バカをやってしまった瞬間その二だ。

真横に円さんが座ってるのに迂闊(うかつ)なヤツ。

「な、ナツ……お前も参加するよな？」

「いやー姉弟(きょうだい)の仲睦(むつ)まじい遊びに交ざるなんて、そんな邪魔者(じゃまもの)みたいなのはちょっと気が引けちゃうよ」

「おおい⁉　お前、親友を見捨てる気かよ⁉」

「人聞きの悪い。予定が入りそうだからってだけだよ」

ゴローががっくりとテーブルに突っ伏す。

その様子を見て、ウミ姉が笑うどころか珍しく円さんも口元が緩んでいた。

ゴローのこういう場を明るく和やかにしてくれるところが、長所に違いない。

「ゴローくんとはよく遊ぶんですか？」

「そうしようとはしてるが、よく逃げられるよ。今日も買い物に行こうと誘ったらかなり渋られてな」

女性陣の会話がボクやゴローの話題で弾んでいる。

なんだろうなぁこの空気は。

子供を連れたお母さん同士みたいな雰囲気というか、完全に保護者の物だよねコレ。

年齢差的にはそうなるかもしれないけど、微妙に居心地が悪いかも。

なんて油断してたら円さんが話の流れを変えてきた。

自身の興味まっしぐらに。

「ところで。さっきはナツに水着を選んでもらってたようだが、いつも一緒にきてそんな決め方を？」

「いやいや、さすがにいつもじゃな……アレ？　いつもだったっけ？」

「ボクに確認されても……」

概ねそうだったかもしれないけど。正確には、選ぶ役目を与えられたのは陽兄だったはずだ。

よく極端に布地の少ない水着を着させようとして、はたかれてたっけ。

「ほう……それはそれは。つまり彼女の水着はナツの好みが反映されているというわけか」

「なんですか円さん、その何か言いたげな目は」

「言っていいのか？」

許可したらマズイ気しかしない。

急いで拒否しようとしたが、その前に「くっくっく」と悪そうに笑われた。

「なに、一緒に買い物なんて仲が良いなと感じただけだ」

「あれ？　円さんとゴローくんも一緒に買い物に来るぐらい仲が良いじゃないですか」

「海華さん誤解ッス。オレは荷物持ちで拉致られた体のいい小間使いッスよ。ほんと勘弁してくれって感じで」

「ほほう。荷物持ちの礼に小遣いでも渡そうかと考えていたが、いらないようだな」

「マジで⁉」

「よかったねゴロー。今すぐ態度を改めれば懐が温まるかもよ」

「荷物持ちは任せろ姉貴！　どんな重い物だろうが弱音は吐かないぜ！」

なんてわかりやすい掌返しと感心するトコだけど。ゴロー、それは言い過ぎだよ。

ほら、円さんめっちゃ悪い顔してるじゃん。

「やっぱり仲が良いのね」

「まあ……険悪ではないとは思うけど」

こっそり小声で話しかけてきたウミ姉には、二人が仲良しこよしの姉弟に見えているのかもしれない。

ボク的には上下関係がはっきりした女王様と下っ端なんだけど……。

「失礼いたします。ご注文の料理とお飲み物をお持ちしました」

店員さんが飲み物や軽食を運んできたので会話が一旦中断される。ボクとウミ姉は昼食を済ませていたので、ジュースとコーヒーだけ。ゴローと円さんは軽食のセットだ。

食べ物に手をつけながら、話題は夏休みのことになっていく。

「そういえばアタシはここのところは海に行ってなかったな。海華ちゃんはどうだ？」

「私は決まった時期に毎年行ってますよ。夏の恒例行事なんです」

「帰省先が海に近いのか？」

「いえ、えーっとなんて言えばいいんでしょう。私にとって学生が夏休みに入ったちょっと後って、クリスマスやお正月みたいな大きなイベント日なんです。毎回すごい楽しみにしてて！　ね？　ナッちゃん」

「うん、そうだね」

それはボクにとっても同じだった。

毎年夏の決まった時期に行く旅行は、ボクらの一番の楽しみで夏の風物詩、だった。

――少なくとも去年までは。

「なんとも楽しそうだな。私も久々に海へ行きたくなってきた」

「なんだ出不精(でぶしょう)な姉貴が珍しい。海なんか行ったら太陽の光が強すぎて身体が灰になるんじゃね？」

「お前は私を引きこもりか吸血鬼(きゅうけつき)にしたいのか。お前だってあまりの暑さに音を上げてるだろうが」

「生憎(あいにく)、海はオレの愛する戦場にして最高のホームなんだ」

「ああ、女を引っかけるにはちょうどいいものな。あまり身内の前で恥を晒(さら)すなよ？　警察に捕(つか)まったり美人局(つつもたせ)にあっても助けんぞ」

「そこは助けてくれよ身内なら！」

ゴローが悲鳴をあげる。

仮にそんな事態が起こったとして、まさか円さんが助けないはずないだろうけど。……助ける、よね？

「ちょっとナッちゃん。多少の理解はあるつもりだけど、あんまりヒドイと私も見て見ぬフリするかもしれないからね？」

「なんで矛先がコッチにも⁉　大体海で女の人を引っかけるなんてボクがするわけないでしょ、ゴローじゃあるまいし」

「あ、ナツてめえ！」

「確かにナツがナンパするのは想像しづらいな。むしろ逆にされる方では？」

「ウチのナッちゃんが女達を堕とす魔性の男に⁉　だ、ダメダメ、そんなのダメだよナッちゃん！」

「ないよ！　そっちの方がもっとないよ‼」

なんか話が変な方向かつ不健全路線で進んでいる。

なんでもっとこう、普通の話題にならないのか。何して遊ぶかとか、どこ行くつもりなのとか色々あるだろうに。

「ううーん、やっぱり見守る人が必要かなぁ。遊ぶにしても人数多い方が楽しいし……あ、そうだ！」

ポンと「閃いちゃった」みたいなノリでウミ姉が手を打つ。

「良かったら円さんとゴローくんも一緒に行きませんか？　私達と一緒に！」

いきなりかつ予想外の提案に、ウミ姉以外の三人の「は？」という声がハモった。

ウミ姉がゴロー達を誘ってから、数日後。

ボクとゴローは夏休みの宿題をやるためにウチに集まる事となり、現在は近所のコンビニでアイスを買っていた。

「なあナツ～、ほんとにイイのかぁ？」

「もうそのつもりで話が進んでるからね。ゴローこそ大丈夫なの？　なんていうか唐突すぎてごめんって感じだよ」

「何を謝る事がある！　誘ってもらえてオレはすげえハッピーだぞ！」

ゴリラのイラストが描かれた氷菓子やカップに入ったアイスを適当に選び、会計を済ませてコンビニを出ていくゴロー。

続いてボクもお菓子や飲み物を店員さんにレジ打ちしてもらっていると、開いた自動ドアの向こうから「あっっちぃ！」という叫びが聞こえてきた。

外に出た瞬間。むわっとする熱気と強烈な日差しに襲われ、ゴローと同じようにボクの口からも思わず声が漏れる。

「あっっ……」

「やべえよな、この暑さ。しかもこれからどんどん上がってくんだろ」

「人間に耐えられる限界を超える日も遠くなさそう……。あっ、アイスもこのエコバッグに入れちゃって。保冷剤入れてきたから」

「……準備万端っつーか、お前の主夫力がますます高まってくな。オレには考えもつかねえよ」

ゴローが感心しながらバッグにアイス類を詰めていく。

最後に手元に残ったのは、二つに折って分けられるタイプのアイスだ。

パキッ！　と綺麗に割られた片方を受けとりながら、川沿いの遊歩道を歩いていく。

アスファルトの地面を歩くよりかは水の近くの方がいくらか涼しく、冷たいアイスの分も上乗せされて暑さが多少はマシになっていった。

「さっきの話だけど、まあオレは嬉しいから良いんだよ。美人と一緒に海に行けるってのは素晴らしい」

「そんなに円さんと一緒に海に行きたかったの？」

「ちげえよ⁉　素敵に可愛い海華さんに決まってんだろが。正直あんな人といつも一緒にいるナツが羨ましいぞ」

「ボクもゴローと同じ状況だったらそう言うのかなぁ……」

それでなくとも、もっと単純な関係だったら良かったかもしれない。

部活の先輩だったとか、家庭教師とか。近所に住んでるよく遊んでくれる人みたいな。

——現実は、年上の幼馴染で、亡くなった兄の恋人だった人で、ボクが好きな人だ。単純とは程遠い。

「……またなんか悩んでる顔してんぞ？　悩むなとは言えねえが、変に考え込むなよ」

「うっ……そんな顔してた？」

「してた。顔っつーか全身からそんなオーラが出てる」

「まいったなあ」

案外、ゴローはその辺の人よりも他人をよく見ている。その能力が場の雰囲気を明るくするのに活きているのか。

「ま、それぐらい複雑なもんをナツは抱えてるんだよな。それがなくたって美人のお姉さんとひとつ屋根の下だ。男だからこそつれぇ時もあるってもんだ」

「男だからこそって？」

「そらお前、若い男のリビドーが迸った時だろ。これほど忍耐力が試される機会はないぞ」

「何言ってんだよ。あのねぇゴロー、そんなちょくちょくリビドーがどうこうなんて時があるわけ――」

脳裏に、酔っぱらったウミ姉を連れ帰った日がよぎる。

より正確には、ベッドで寝てしまった後が。

「…………うぐっ」

「なんだいきなり呻きだして。あ⁉　まさかお前、海華さんに内緒で何かヤっちまったのか！」

「や、やってないよ……」

「じゃあヤってるところを見られたのか」

「そういうわけじゃないってば」

「……で、実際のトコは？」

にじり寄るゴローに対して、顔を背けるボク。

もうこんなの答えたも同然だろうけど、まさか白状するわけにもいかない。

「当たり前だけど、ナツも男だよなぁ」

「う、うるさいなぁ」

「そう怒んなって。海で遊ぶ時には全力で応援してやるからな」

「応援？」

「さりげなくお前と海華さんの仲が深まるようにな！」

どうしよう不安だ。

つまり、ボクとウミ姉がくっつくように仕向ける気なんだろうけど……このゴローが？

どこまで本気なんだか。

「冗談言ってないで、早く戻ろ。こんな暑い中でゆっくりしてたら買った物が溶けちゃうからさ」

「おお、そうだな。早くエアコンの効いた部屋に逃げ込もうぜ」

そこからは大分汗をかきながらも早足で家に戻った。

「ただいまー」

「お邪魔しまっす！」

「お帰りなさい。外はすごい暑かったのね、二人共顔の汗がすごいわよ？」

首や背中から汗をたらす学生ズに比べて、出迎えてくれたウミ姉はなんとも涼しげな半袖シャツにホットパンツ姿。シャツにプリントされたイルカは湿ってすらいない。

とはいえ、ちょっとその……ボク以外の人がいるのにラフな格好すぎやしないだろうか。露出してる面積が広すぎる。

「買ってきた物を冷やしとくからコッチちょうだい。リビングにエアコンは効かせてるけど、必要だったら扇風機もつけていいからね」

「あざーっす！」

「ウミ姉ちょっとちょっと」

ゴローがリビングに行ってる間に、冷蔵庫の前にウミ姉を連れて行く。

「その格好なんだけどさ、もう少し他になかったの？」

「なにそれどゆこと？　こういう格好ならしょっちゅうしてるじゃない」

「なんていうか、お客さんが来てるわけだしさ。もうちょっと状況に合った服とか、あるんじゃないかと」

「え、そんなに変かなコレ。もしかしてとんでもなく似合ってない？」

ボクのいまいちな説明にウミ姉は眉をひそめている。

それはわかってるし、逆はあってもウミ姉に似合わない服があるだなんてこれっぽっちも思わない。

　ただ、ゴローの強烈な視線がウミ姉に向くのが気になってしまう。

　ああ、そうとも。そういう恰好してるのをボクが見られたくないんだ。こんなのただのワガママだよ。

「やっぱり思春期の男の子には、キャミソールとかでサービスした方が良かったかなぁ」

「なんでそうなるの⁉　逆だよ逆、布面積減らしたら目に毒でしょうが。ボクらはこれでも宿題をやろうとしてるんだからね！」

「冗談に過剰反応するナッちゃん可愛い♪」

　よしよしと頭を撫でられ、完全に子供扱いされてしまう。

　確かに年齢的に大人と子供の差はあるに違いないけど、こうも露骨にやられたらボクだってムッとするさ。

「おっと、やりすぎちゃったか。ごめんごめん、お詫びにアイスあげるから。はい、あーんして」

「もごっ」

　果物味のアイスボールがウミ姉の指から口の中に押し込まれる。

　唇に触れた指先に、少しだけ唾液がついてしまった。

「もぐもぐ……買ってきたのはウミ姉じゃないでしょ」

「おおっと反抗的じゃないこいつめぇ。そのアイスのお金は誰に貰ったのかしらねぇ」

ドヤ顔ウミ姉、ここに降臨。

そしてふんぞり返ったまま、別のアイスボールを美味しそうに頬張り、指先についた欠片を勿体なさそうに舐めとった。

唇に触れたのと同じ指だ。

その様子はまるで、付着した唾液に舌を這わせるいやらしい小悪魔か。

なんてバカな錯覚をしたボクの顔が一気に熱くなる。

わざとじゃないとはいえ、なんでそういう事するかなこの人は！

「わ⁉　ちょっとナッちゃんどうしたのその顔、時間差熱中症⁉」

「そんなわけないだろ！　ウミ姉のアホ！」

「なんですってぇ⁉　ちょっとこら、待ちなさい！　誰がアホよ⁉」

響く怒声に背を向けて、ボクはゴローのいるリビングへと逃走した。

その後、せっかく買ってきたアイスを冷凍庫に入れずに放置してた事実に気づくが時既に遅し。貴重な涼とりアイテムはしばらくお預けになってしまったのだった。

　それからは数時間を宿題に費やした。

　さっきのやり取りなどすっかり忘れたウミ姉が、コップに注いだ冷たい飲み物を持ってきてくれた。

　その際、ついでとばかりに一緒に海に行く件の話が持ち上がる。

「ねえねえ、旅行の件だけど。ゴローくんと円さんの都合はどうなってる？」

「少なくともオレは問題ないッスよ。姉貴もけっこう楽しみにしてるみたいなんで、どうにかするっしょ。その内確定の連絡が行きますよ」

「そっか、よかったー。いきなり誘ったから無理でもおかしくないし」

「そう考えるなら、次からはもう少しタイミングを計ればいいんじゃないかな」

「たはは、次からはそうするね」

　ウミ姉はあまり反省してないように苦笑した。

　ただ、どうしてゴロー達を誘ったのかを理解しているボクとしてはこれ以上言う気にもなれない。

　あの日。ゴロー達と別れたあと、帰りの車内でウミ姉に尋ねたのだ。

『どうしてゴロー達を誘ったの？　元々二人で行くつもりだったんじゃ……』

本当は今年も三人で行きたかった。

でも、陽兄は一緒に行けない。ならせめて二人だけでも、そう考えていた。ウミ姉も同じはずだ。

『そうなんだけど、気づいたら声をかけちゃってたのよね』

ごめんね、勝手で。

そう謝るウミ姉の横顔からは、申し訳なさとせつなさが交じった感情が見てとれた。

『……謝らなくていいよ。ウミ姉がそうしたいならボクは構わないからさ』

なんとなくわかった。

きっとウミ姉はボクと二人だけじゃイヤだったのだ。一緒にいたくない、行きたくないとかそういうのじゃない。

陽兄も一緒に三人で楽しんでいた夏に、一人欠けた状態で行ったらどうなるのか。そんなの想像するまでもないだろう。

昼間は海で思う存分遊ぶ。愉しい遊びに関しては陽兄が一番だった。でも、その陽兄が泳ぐ姿は見られない。

夜になったら持ちこんだゲームで勝負する。卓球（たっきゅう）なんかもいい。けど、大げさに騒ぐ陽兄の笑い声は聞こえない。

普段なら寝る時間でも夜更かし大歓迎。眠くなってもしつこく話を続けようとしたのは陽兄だった。

──なのに、今年はどこにも陽兄がいないのだ。

その事実がボクらの心にどれだけポッカリと穴を空けてしまうのか。

表面上は取り繕うだろう。もしかしたら遊んでいる間は気にならない可能性はある。

でも、きっとボクらはどこかで陽兄を思い出す。

思い出すだけならマシだ。そのままずるずると悲しくて重い気持ちを引きずってしまうかもしれない。

それは、嫌なんだ。

絶対的に楽しい時間が、悲しい時間になってしまうなんて耐えられない。

最悪の場合、恒例の夏旅行は無くなってしまうだろう。思い出したくもないものとして刻まれ、忘れようと心掛けるようになるかもしれない。

いやだ。それはいやだ。絶対にいやだ。

ボクがちょっと想像しただけでこうなるんだ。陽兄と結婚するはずだったウミ姉は、きっともっと……。

だから、ゴロー達を誘ってみたんだよね。

他の誰かがいてくれれば、少なくとも二人揃って泣き崩れることはないから。

少しでも楽しい時間にしようとしたんだ、ウミ姉は。

『行けるなら、ボクもゴローや円さんと一緒に行きたいな。そっちの方が楽しいよね!』

明るく励ましたら、ウミ姉は嬉しそうに笑ってくれた。

よかった、だって落ち込ませたくなんてないから。

――でも、本当は……ゴロー達とは関係なしに、ボクだけでそうなれるようにしてあげたかったな。

……あの時のやり取りを踏まえれば、ゴロー達が参加できるのは非常に喜ばしいことだ。

「ありがとうゴロー。円さんにもそう伝えておいて」

「おいおいどうしたナツ。感謝されてもなんもでねえぞ? ちなみにやっぱ無しってのはダメだからな! オレは誘ってくれた海華さんのために何があっても旅行に行くぜ」

「なんだよその言い草は。ボクの素直な礼を返してくれ」

だったらその意気込みの分、楽しくいこうじゃないか。

そんな気持ちが伝わったのか伝わらなかったのか。ゴローは「任せとけ」と言いたそうにニカッと歯を覗かせた。

「さってと、宿題もいい感じに進んだし、海華さんもいるんだ。なんかゲームで勝負でもするか！」

「おっ、ゴローくんやる気だね。いいよ、何で勝負する？」

「もう少しでキリがよくなるからそこまでやってからにしようよ」

「固いこと言うなよナツー。ほら、海華さんが手慣れた手つきでゲーム機を繋ぎ始めたぞ
……今更だけど海華さんゲームとかやるんすね」

「昔よりプレイする時間は減ってるけど、多少は嗜(たしな)んでるわよ」

社会人になった後の力量を控えめにアピールしてるようだけど、ボクからすれば嘘八百。

ウミ姉の多少は、普通の人が考えるレベルではない。

「ナツ。海華さんって実際どうなん？」

ここぞこそ訊いてきたゴローに同じ音量で教えてやる。

「ウミ姉のプレイする時間が減ったは、徹夜でやりこんだりした時に比べての話だよ」

「おまっ、それけっこーガチなヤツじゃ……」

「レースにする？　格闘(かくとう)にする？　それとも、パーティー？」

好きなソフトを「どれでも来い」とばかりに提示してくるウミ姉に戦慄(せんりつ)するゴロー。だ

けどもう遅い。

こうなったら最低でも彼女が満足するまで付き合ってもらわねば。

「おいナツ。その用意してるブツはなんだ?」

「マイコン」

「待て、お前もマジでやる気か」

「ウチに接待プレイなんて期待してないでしょ」

「……ふっ、上等だ。見せてやんよオレのゴッドハンド!」

「わー楽しみね!」

ウミ姉と、ゴローと、三人で残りの時間ゲームをプレイした。

こんな機会は滅多(めった)にないからかもしれない。

去年。

陽兄達と三人で遊んだ時を、ボクはこっそり思い出した。

三人一緒だった　あの日々

「おーいそろそろ起きようぜナツ！　新しい朝がきたぞ！　兄ははらぺこで死にそうだ！」

「……うぅ」

朝っぱらから陽(よう)兄が近くで騒いでいる。

その声で意識が覚醒(かくせい)していくが、そんな起こされ方があってたまるものかと身体は起き上がるのを拒否していた。

「ナーツ！　早く起きないとこうだぞー！」

ほっぺをムニ～ッと摘(つ)ままれた。なんてめんどくさい。

考えを改め、諦めて重いまぶたを開けていく。ひとつぐらい文句をつけるつもりでだ。

「…………あのねぇ陽兄。起こすならもう少しやり方ってものがあるし、食べられる物なら昨日買ってきた食パンが――」

目の前には腹が立つぐらいニカッとしている陽兄。

そして、

「あ、起きた起きた。おはよーナッちゃん」

なぜか陽兄からウミ姉の声がして、「え!?」っとボクは飛び起きた。

「ウミ姉の声が陽兄から聞こえる怪奇現象!?」

「何をバグッてるんだ弟よ。そうか寝ぼけてるんだな」

今度はちゃんと陽兄が自分の声で喋った。

だったらさっきのウミ姉の声は？　と寝起きの頭が混乱する。

その謎すぎる事態は、陽兄の後ろからひょいっとウミ姉が顔を出したことで解決した。

「寝癖ついちゃってる。よしよし、陽くんが考えた悪戯のお詫びに直してあげるね」

「おまっ！　俺にすべてをなすりつけるとは、なんて野郎だ！」

「野郎じゃないし」

仲良しコントをする二人。

ウミ姉の手で撫でられる頭が気持ちいい。しばしその幸せを堪能してしまったけれど、

それよりも言わないといけない事にハッと気付いた。

「二人共……朝食抜き」

「なにーー!?」

「ええーー!?」

ボクの口から発せられた強力な罰を免除してもらう為、兄姉は揃って平伏した。

「まったく、次にやったら本当に朝食抜きにするからね」

フライパンで作った三人分の目玉焼きを切り分けながら、それぞれのお皿に盛る。同じく焼いたベーコンを添えてテーブルに持っていくと、「そんな意地悪言うなよぉナツ～」と陽兄が絡んできた。物理的に肩に手を回して。

「軽い冗談だって。な？　そんな怒らないでくれよぉ」

「陽兄、そんな風にされるとお皿落としちゃうよ」

「おお、悪い。皿もらうわ」

陽兄が三人分のお皿をひょいと受け取り、テーブルに並べていく。最初からそうしてくれてればいいのに……と思っていたら、微笑んでいるウミ姉が視界に入った。

「やー、ココにいると美味しいご飯が勝手に出てきて良いわねぇ」

「どうぞお嬢様。当家自慢のシェフが作った目玉焼きでございます」

「うむ、良きにはからえ」

コントの次は執事とお嬢様ごっこ。

なんとも楽しそうにふざけるお二人様だ。

続けてトースターで焼きあげたパンやら牛乳なんかを持っていくと、それぞれの何かして欲しそうな視線に気づく。

しょうがないなー、もう。

「お嬢様」

「なんですかシェフ?」

「いつになったらご自分で料理されるようになりますか?」

「はい!?」

そんな話題は求めてないといった感じのウミ姉。

横にいた陽兄は予想外の展開にバカウケしている。

「ぶわははは!? おいおい、ちゃんとシェフにお礼しとかなかったのか? なんかご褒美でもあげないと許してくれないぞこれは」

「下品に笑う執事さんにはパンの耳だけです」

「差別だ!? 俺も柔らかいトコが食べたい! おい海華、急いでナツのご機嫌をとるんだ」

「どうやって？　ってか、なんで私だけにさせるつもりなの？」

「俺が服を脱いでもナツは喜ばないだろ」

「いつから私が脱ぐ前提に!?」

「はいはい。ほんとにパンの耳だけにされたくなかったら、静かにしようね」

ポンポンと軽く手を鳴らすと、一気に静かになる。

まったくもう。こういうやり取りするの一体何度目なんだか。

「な、ナツさん。テレビを点けてもいいっすか？」

「別にいいよ」

「ナツ様。今日のパンの焼き加減最高デス」

「変なご機嫌取りもいいから。あー、もう！　二人共、そんなおそるおそるこっちの顔を窺（うかが）わないで普通にしていいってば！」

「おお、ナツ様のお許しがでたぞー」

「ありがたやありがたやー」

――とまあ、こんな光景がボクらの『いつも』だった。

昔から似たようなやり取りは数知れずあったけれど、ウミ姉が半同棲（どうせい）するようになってからは前にもまして賑やかだ。

時折うるさすぎる時はあっても、ボクはその騒がしさが好きだった。とても温かで、優しい気持ちになれる。もちろんウミ姉に対する恋心はあって、完全に捨てられはしなかったけど。

——その代わりにこんな幸せがあるのなら。

そう想い、上手く折り合いをつけていた。

「あ、そうだ。飯食い終わって、適当にダラダラした後なんだけどよ」

「そもそも陽兄が休みだったのを初めて聞いたんだけど？」

「初めて言ったからな！」

胸を張るところじゃないというのに、この兄はまったく……。

ボクの溜息を無視して陽兄はキラキラした瞳で、

「今日は思う存分外で遊ぶぞ!! 行き先は俺に任せろ!!」

少年漫画の『ドン！』という擬音が可視化されそうなぐらい、大きな宣言をした。

「そんな勢いでどんな変なトコに連れてかれるのかと思えば……」

各々が外着に着替えてから車で移動した先は、割と近場だった。

「ナッちゃんはロウンドツー嫌い？」

「どっちかといえば好きだよ」

「ちなみに俺は大好きだ！　各種スポーツ、歌の練習、遊技機のプレイ、他よくわからん遊び道具多数で遊ぶことが出来るからな」

ロウンドツーは、複合アミューズメント施設の名前だ。

陽兄が言うように色々遊べるので、その気になれば一日中飽きずにいられる便利な遊び場なんだけど。

「てっきりどこかの観光地にでも行くのかと」

「今日はココに行きたい気分だった」

「ね、ね、何からやってく？」

「チキチキ！　ロウンドツーのすべてをキミは遊べるかな⁉　としゃれこもうぜ」

「達成不可能な企画物はNGよ」

「なーに、明日もあるからイケるイケる」

「さらっと日をまたぐような無茶振りはやめて欲しいかな⁉　大体明日は学校も仕事もあるでしょ！」

こうやって最初にブレーキをかけておかないと、陽兄は後先考えずマジでやろうとするので困ったものだ。無邪気な道連れはさすがにご遠慮してほしい。

「よーし、とりあえずゲーセンを回ってみるか」

「いいわね。あー、そういえばちょっと前に新作の筐体が出てたのよね～」

「……あんまり使い過ぎないようにね？　ムキになって連コインはダメだよ？」

「陽さんや。ナッちゃんはお金の管理ができそうなしっかりした子じゃのぅ」

「うーむ、ワシの自慢の弟じゃ。よし、そんなしっかりした弟にお小遣いあげような」

「ワーイヤッターウレシイナー」

棒読みで返事をしたらちょっとウケてた。

素直に喜びたいけれど、そうすると陽兄が調子に乗りだすから注意が必要だ。

「よっしゃ、景気づけにメダルゲームからいっとくか！　誰が一番メダル増やせるか勝負しようぜ」

「あっれー？　前回ボロ負けしたのがそんなにくやしかったのー？」

「たまたまジャックポットが当たったからってイキるんじゃねえよ海華ァ」

「やるのはいいけど、こっそり軍資金を増やすのは無しだよ？」

「ハハハ、スルワケナイダロソンナコトー」

この顔の逸らし方。

やる気だったのかバカアニキめ。

とりあえず各自千円を使うルールで勝負は始まった。

制限時間は二時間。メダルがゼロになった人はその時点で終了。もし三人ともゼロになったら勝負自体が終わる。

千円を全部メダル交換しても百枚にも満たない。メダルゲームは多種多様だけど、一応は最低一枚あればプレイ可能だ。

プレイスタイルは人によって違う。

一ゲームに大きく賭けて当たれば見返りも大きい。けれど外したらそれでおしまい。小さく賭けるのなら見返りは少ないが、その分長く遊びやすい。

ボクはどちらかと言えばちまちま増やして遊ぶタイプ。ただ、これは性に合うというより、使える金額が少ない子供でも長く遊べるようにするコツだ。今日の軍資金は陽兄が出してくれるので、あまり気にする必要はないけど。

「まずは、少しでもメダルを増やそうかな」

とはいえ、ただポーカー系のゲームで遊ぶのも物足りない。できればコインを転がしてジャックポットを目指すゲームや、ビンゴ系がやりたいところだけど……ああいうのは中々当たりづらいもの。

　制限時間も加味して、ボクが座ったのは金魚すくいをベースにしたゲーム機だった。屋台の金魚すくいを想像させる長方形の筐体は、何人かで一緒にプレイ可能。コイツの特徴は、メダルの増減が割とプレイヤースキルに依存（いぞん）する点だ。

　操作はレバーで画面内のポイを動かし、ボタンを押してすくうという単純なもの。けれど、ポイの位置がずれれば当然すくえないし、画面に映っている金魚を始めとした生物は種類も豊富で、大きさや色によって増えるメダルの数が変わるのだ。

　小さな子供でも遊べる遊技機だけど、コレが中々楽しく遊べる。

「よっ、ほっ、はっ」

　金魚をすくう度に、足元からチャリン、チャリン、チャリリーンとカップにメダルが貯まる音が響く。

　時にはレアキャラかつ難易度の高い亀（かめ）やコイにトライして、一気にメダルを大量にGETしていく。

「おっ、旦那（だんな）ぁ。今日は調子がいいねー」

「ウミ姉もやってみれば？」

「やるやる」

いつの間にか後ろにいたウミ姉も参戦。微々たるものではあるが二人並んでメダルを増やしていく。

「あははっ、これ面白いわ！　メダルが増えるのがっていうより、単純によく出来てるのよね」

「そうなんだよね。だからついつい遊んじゃう」

「ふふふっ。よし、私はちょっと一勝負してこようかな」

「行ってらっしゃい」

「余裕こいてるけど、負けないわよー？」

そう言い残してウミ姉は当たれば配当のでかいビンゴゲームへ向かった。

ウミ姉は案外大きく張るのが好きで、勝つも負けるもでっかくなドラマチックでエクストリームなのがお好みなのだ。

ただ……ウチにはそのウミ姉を超えるギャンブラーがいる。

金魚すくいを堪能したボクがメダルゲームコーナーを回ってみると、その男の後ろ姿を見つけた。

パチンコ・スロットコーナーで。

えーっと……なにやってんのこの人？

「ちょっと陽兄！　なんでパチンコなんかやってるのさ？」

「うお⁉　なんだナツか、驚かせるなよまったく」

「それ、百円入れて遊ぶタイプじゃん。ルール違反じゃないの？」

「くっくっく、甘いぞナツ。このパチンコは一定数玉を得るとメダルがもらえるタイプ。つまり！　メダル枚数を競う勝負においてなんら問題はない！」

「えー………」

呆れたものだ。

てっきり今回の勝負はメダルを使って遊ぶゲーム限定だと思っていた。が、この兄は最終的にメダルの枚数で勝敗が分かれるのだからコレはルール違反ではないと言ってるわけだ。

けっこーな拡大解釈である。ある意味自分だけ有利な展開に持って行こうとしてたのか。

「ウミ姉を呼んで審議でしょコレは」

「ハッハハッ！　別に構わんが、俺は止めんぞ。今日こそ圧倒的に勝利してやるんだからな！」

うん、この調子じゃ抗議も無駄になりそうだ。

まあ、パチンコだからって必ず勝てるわけじゃないし。もちろん当たれば見返りも大きいだろうけど、運の要素が強すぎる。大抵はすっからかんになって終了だ。

しかし、ここからボクは動かなかった。

決して反則気味な陽兄の隙を見計らって首チョップしようとか、そういう話じゃない。

「おい、いつまで後ろに立ってるんだ？」

「んー……陽兄があとどれくらいで元手を使い切るかなーと。もう七百円くらい入れてるんじゃない？　だったらもう少しで打ち止めの強制敗北だよね？」

ボクの手元には少し増えたメダルがある。

陽兄は大勝狙いでパチンコなんて打ってるが、当たらなければメダルはゼロ枚。つまりほっといても高確率で暫定最下位が確定するわけだ。

「ナツ！　お前趣味が悪いぞ、男なら正々堂々メダルを増やしてこい！」

「とか言って、ボクがいなくなったらこっそり千円以上使う気なんでしょ？」

「………………そんなズルするわけないじゃないか～」

図星だったようだ。

すごい目が泳いでいる。

「あ、いたいた。ふたりともー、なんでこんなところに――どうして陽くんはパチンコを打ってるのカナ？　カナ？」

「ひぃ!?」

グレー行動が見つかった陽兄が割と本気でびびっている。

その気持ちがわかっちゃうボクも大概か。いや、あんなナタを振り回すヒロインみたいな目で見つめられたら誰でも怖いよね。

「落ち着け海華！　最終的なメダル枚数で競ってるんだから、メダルが出てくるパチンコはルール違反ではないはずだ！」

「ん？　コレはメダルが出てくるの？」

「ウミ姉がやったことないだけで、そういうのもあるよ」

「へえー、知らなかったー。じゃあ私がやってもいいのよね？」

「エッ、それはちょっと」

「ダメなの？　ナンデ？」

「……いえ、問題ないです、はい」

おおっ、あの陽兄が完全に負けている。

これがヒエラルキーというヤツなんだろうか。

「どうせならナッちゃんもやってみない？　三人で一緒に並んでさ」

「やるのはいいけど、ボクとウミ姉は軍資金を全部メダルに換えたから百円も残ってなーボクはくるっと陽兄へと振りかえり、交渉開始。

「陽兄、今持ってるメダルを交換機のレートで百円と交換してよ。それがダメってルールはないでしょ？」

「むっ、そうくるか。いいぜ、俺のグレーゾーンも見逃してもらうわけだし」

「交渉成立だね。ウミ姉、そういうわけだから」

「オッケーイ。陽くんが千円分使い切ったら足元見ながら交換しましょう」

「キタナイ……海華キタナイ」

「人をバッチイ物みたいに言うんじゃありません。……ところで陽くん。なんか画面がギラギラ光ってやかましい音がしてるんだけど、それなに？」

「なに⁉　うぉ、ほんとだ‼　キタキター、こいつは熱いぜ！　……こい、こい、こいーーーー‼」

「私、こういうの見た事あるわ。ギャンブルしてるマンガで」

「なんかこのまま完全勝利した動物のポーズ取りそうな勢いだね……」

ピロピロピロピロピロ――ピロ・ピロ――キュキュキュイーン‼

「よっしゃーーーー！　見たか、これぞ逆転の一手‼」

大人げなく勝ち誇る陽兄は、完全勝利のポーズをとる。

うわ、ほんとにやったよこの人。

「どうだナツ。これが兄の本気だ」

「当たったのは純粋にすごいと思うけど、これでメダル何枚貰えるの？」

「これで貰えるっつーより、この後何連荘するかだな。だが上手くいけば数百枚どころの話じゃないぞ」

数百枚か……。

確かにそれじゃボクの勝ち目は薄そうだ。

けど、陽兄は大事なことを忘れているよ。

ボクらの中でここぞという時に一番強いのは誰なのかを。

「あ！　見て見てナッちゃん！　なんか7が揃ったわ、これって当たりよね？」

「……は？」

「さすがウミ姉。大当たりだよそれ」

「偉いヤツ？」

「間違いなく偉いね」

「バ、バカな!?　お座り直後に一発だとぉ!?」

結果発表。

メダル勝負はぶっちぎりでウミ姉がトップで、ボクが二位。

なんで陽兄が最下位かって？

パチンコである程度当たった分のメダルを、最後の一発勝負で競馬ゲームに突っ込んで全部スッたからだ。

我が兄ながら見事な負けっぷりだった。

そのあともゲームセンター巡りは続き、

「ちょっ、陽くん。ハメは禁止でしょ！」

「ハッハッハ！　勝てばそれでよかろうなのだ!!」

「キタナイ、さすが陽兄、キタナスギル……」

「よーっし、全員俺についてこい！　憎きゾンビ共を殲滅してやるぜ!!」

「さー、いえっさー!!」

「あ、ちょっと陽兄！　いくら多少連携が利くガンシューティングゲームでも攻撃一辺倒じゃ――」

ズダダダダダ!!

GAME OVER

「って言う前からヤられてるし……」

「くっくっく、安心しろナツ。お前、大人と子供の決定的な違いが何かわかるか？」

「ええ？　なんで突然クイズを……。身長と体重とか？」

「ぶっぶー、正解は――」

ドンッ！　とコイン投入口上に置かれる百円玉タワー。

「財力だ!!」

このあと大人の力によってコンティニューを繰り返したボクらは、強引にクリアをもぎ取った。

コレは酷い。

◇

その後もレースゲームやダンスゲーム、音ゲーなんかをひとしきり遊んだ。

そんなボクらが辿りついたのは、プライズコーナーである。

「あっ！　ダレダレシリーズの新しいヤツがあるじゃない。アレを取りましょうよ！」

「ああ、あの海華が集めてるヤツか。どいつもこいつもダラーッとしたへちゃむくれのどこが可愛いんだかなぁ」

「陽兄はカッコイイ物が好きだから興味薄いだろうけど、このシリーズは男女問わずかなりの人気だよ。クラスで数人は小物持ってるぐらいには」

ダレダレシリーズは、デフォルメされた色んな動物がダラーッとしてるのが特徴のぬいぐるみだ。パンダやカピバラとかが比較的有名で、ゲーセンのプライズコーナーには必ずといっていい程置いてある。

ウミ姉はこのシリーズが最初期から大好きで、見つけてはお持ち帰りするのはよくある光景だった。

ただ問題はその成功率で、
ピロピロピロピロ……グイーーン、ガシッ。

…………ピロピロピ、ボトッ。

「ああ!?　また落ちちゃった！」

要するにプライズ系のゲームはあまり上手じゃない。そもそもこの手の物は運の要素もかなりあり、ゲーセン側もすぐにGETされたら困るのであの手この手を使って取りづらくしているはずだ。

単純に景品を掴めばOKではなく、ちょっとずつズラしたり、転がしたり。棒を穴にとおすとか、風船でバウンドさせるとか、一口にプライズゲームといっても取り方は多岐にわたるんだよね。

本気で欲しかったら数千円かけるのだって珍しくないはずだ。

でも、今日は陽兄がいる。

「よーし、ならばココは俺に任せとけ」

そもそも繰り返し挑戦してきた分、陽兄はプライズゲームが上手い。けど、この兄の場合何がすごいかって、

「さて……と。すいませーん！　そこの可愛い店員さん、ちょっと景品の位置を直してもらってもいいっすかー！」

躊躇せず遠慮のない最強の一手を使うとこだ。

最強の一手とは、店員さんの協力を得る事。すなわち、景品を取りやすい位置に置いてもらうのだ。

「いやぁ、さっきから挑戦してるんですけど取れないもんですね。コレってコツとかあるんですか？」

無駄に爽やかイケメンを装う陽兄。

「は、はい！　コレはですね……」

さらっと攻略法を聞きだす辺りやり手だよなぁ。

女性スタッフさんを選ぶのもめざとい。陽兄は自分の容姿が爽やかなカッコイイ系に入ると自覚しているので、有効活用っぷりも半端ない。

店員さんも陽兄みたいな客に当たってラッキーって顔してるし。

「こんな感じですかね。また取れなかったら言ってください、サービスしますよ♪」

「おお、ありがとう！」

「……陽くん、ちょっとデレデレしすぎじゃないかな？　彼女の前でナンパとかいい度胸だよねぇ」

「いや、ナンパってなんだよ。俺は店員さんにお願いしただけだぞ」

「どう思いますかナッちゃんさん？」

「間違いなくギルティでしょ」

「ナツてめえ⁉　最愛の兄を裏切る気か！」

「はぁ?」

「その『どこにそんな人が?』って目は止めてくれ。お兄ちゃん傷つくぞ」

「そんなお兄ちゃんに警告だよ。早く景品を取ってあげないと物理的に傷つく可能性が大みたい。ちなみに下手人はウミ姉」

「よーし、お兄ちゃん頑張っちゃうぞー!!」

お怒りオーラを放つウミ姉を背にしつつ、陽兄がプライズゲームに挑む。まあ始まる前から勝確だけどね。

「陽くん上手だよねぇ。私もそうなりたいわ」

「日々の修練の賜物さ。とはいえ俺と海華の仲だ、簡単なコツぐらい教えてやるって」

楽しそうにプライズゲームを楽しんでいる二人。

ちょっと手持無沙汰になったボクは、くるりと周りを見回してみる。

すると、すぐ横の筐体にもダレダレシリーズのキーホルダーがあるのを発見した。

「ふむ……」

せっかくなのでワンプレイ。

小さいキーホルダーがドバッと入っているタイプなので、ピンポイントには狙えないと判断。より大きな塊になっている所を狙ってクレーンのアームをズボッとめりこませる。

「あ」

　そして起きる小さな奇跡。

　アームがうまい具合に引っかかって、ボクは一度に三つのキーホルダーをゲットしたのだ。

「えっ、すご！」

「やるなあナツ！」

　いつの間にかボクの左右にきた陽兄とウミ姉が、自分のことのように驚きと喜びの声をあげる。

　照れくさいけど、けっこー嬉しいものだ。

　手に入れたキーホルダーは三つ。

　クマとカンガルーとウサギ。全部違う動物だ。

「はいこれ、ウミ姉にあげるよ」

　元々取れたのはウミ姉に渡すつもりだった。三つも取れたので予想の三倍は喜んでくれるかもしれない。

　けど受け取ったウミ姉は「うーん」とちょっと考える素振りを見せてから、

「せっかくだから三人で一個ずつ分けましょうよ。お揃いって感じで良くない？」

「乙女かよ」

「純正百パーセントの乙女でしょ！」

陽兄がちゃちゃを入れたが、ただ面白がってるだけだ。

ウミ姉の意外な行動にはちょっと驚いたけど、すぐに頷いてキーホルダーを受け取っていく。

ゲットしたのはボクだけど、ウミ姉からプレゼントが貰えた気分だ。

なるべく大事にしたいな……。

「ふふっ、お揃いのキーホルダーってイイ感じね」

「まあお前がそれで良いなら良いさ」

「ノリが悪いなぁ陽兄は。もうちょっと素直に喜んでもいいのに」

あったかい空気が満ちていく。

この三人で仲良く遊んでいる時によく感じるぬくもりのようなものが。

穏やかな時間。

いつまでも続いて欲しい瞬間。

ボクらの楽しい思い出がまた増えていく。

「よーし、そろそろ運動系にいっとくかあ！　ロデオマシーンに挑戦しようぜ！」

「あれって運動なのかしら？　確かに力は使いそうだけど」

「気にしたら負けだよウミ姉。それに多分陽兄はほら、ウミ姉がきゃーきゃー叫んでるのが見たいんだ。変態だから」

「うわっ……マジ引くわー」

「ばっかお前そんなんじゃねえし。つうかナツ！　自分が海華の揺れるデカチチとケツが眺めたいからっててきとーこくんじゃねえよ！」

「言いがかりにしてもひどくない⁉」

「……スケベ兄弟め」

「違うから！」

「ナツと一緒にすんじゃねえ！　俺は触る方がすk――ゴフゥ⁉」

ウミ姉の鉄拳が炸裂。

とある休日はそんなバカみたいな会話をしながら過ぎていく。

これが去年のこと。

手の中には、あの時のカンガルーのキーホルダーがある。

ソレを時折こうして眺めていた。

また、お互いに付けているキーホルダーが見られればよかったのに。

キーホルダーはフックで繋げられる仕組みになっていて、クマ・カンガルー・ウサギの三匹（びき）はたまに一緒になっていた。

ボクらもそうやって……今も繋がり続けられていれば……。

――よそう。

こんなの考えない方がいい。

そんな言い訳をして、思い出の欠片をポケットに仕舞いこんだ。

不意にこぼれたモノは戻せず

「それじゃ当日は後で合流だ。そっちで弟がバカしないよう頼むよ」

「大丈夫ですよ、ゴローもその辺わかってますって」

お店の裏口前で円さんとボクが話していたのは、皆で行く旅行の事だった。

日程は三泊四日。

夏休みに入ったボクとゴローは問題なし。

ウミ姉は既に長期休暇をとってるので大丈夫。

けれど、誘われてから予定を空けようとした円さんはそうもいかなかったらしく、その都合上途中から合流する事になったのである。

旅行中の移動は車なので、荷物も考えると二台の方が都合が良いとなっていたんだけど、円さんが途中参加なので出発時にゴローはウチの車に乗ることになった。

ゆえに、円さんがボクに頼むよなんて言ってきたわけである。

「油断すると何かヤらかす可能性大だからな。少なくともポリ公のお世話にならないようにしてくれ」

「あはは……」

「まあ、マジでそんな目に遭ったら見捨てていいぞ。アタシもそうする」

「そんなこと言って、実際そうなったら円さんは助けるでしょう」

「ほう、本人を前にして言うもんだなナツぅ？」

「いだだだ⁉」

カツアゲする不良みたいな声色で頬をつねってくる円さんは、素直に恐ろしかった。

「あ、そうそう。これ手伝ってくれたお駄賃な」

ごくろーさんと手渡されたのはお駄賃が入った封筒だった。

ただ、いつもより少し厚みがあるような気がする。

「あの……ありがとうございます。なんか多めに貰ってるみたいで」

「察しがいいねあんたは。それから素直に口にしすぎだ。『ラッキー、ありがたくもらっとこ♪』とか思わないのか？」

「ありがたいと感じたら礼を言っとけ。兄からそう教わりましたので」

「ああ……兄貴にそう仕込まれたのか。本人がどれだけそれを守ってたか怪しいけどな」

円さんは取り出した煙草に火をつけ、煙をくゆらせた。

陽兄と円さんは元々知り合い同士で、ボクがこのお店でお手伝いができないか交渉してくれたのは陽兄だったりする。

ふーっと白い煙を吐き出す円さん。今、彼女は陽兄を思い出しているのかもしれない。

「悪いな。大事な旅行にお邪魔虫が二人ついちまって」

「お邪魔虫だなんてそんな……むしろありがたいっていうか……」

「ちょっと多めに渡したのは、迷惑料も兼ねてる」

「え？」

「ナツ。ほんとはあんた、海華ちゃんと二人で行きたかったんだろ？」

その問いかけにギョッとする。

円さんはボクに背中を向けて、換気扇を見上げながら煙草を吸っている。

あえて、こっちを見ないでいるようだ。

「どうしてそう思うんですか？」

「女の勘」

「そんな直感的なもので……？」

「こーいうのは案外馬鹿にできないもんでね。理屈っぽく言えば、経験則なんだろうが」

「……経験則ですか？」

「似たようなのを知ってるんだよ。それがあんたと海華ちゃんの態度に近いっつーか」

「はぁ」

「まあ、なんだ。家族水入らずっつーの？　そういうのに割り込んじまってる」

その言葉を聞いて、ボクはホッとした。

女の勘なんてあやふやな物が当てたのは、ボクが考える時もあったウミ姉と二人で行きたい気持ちだけなのだ。

その先にある——どうしてウミ姉と二人で行きたかったのかまではわかってない。

簡単に知られたらマズイ。この気持ちはバレてはいけないんだ。

「遠慮なんて円さんらしくないですよ」

「おい、アタシを傍若無人扱いしてるだろ。コレでも相手の気持ちは汲みとるし場をわきまえるタイプだぞ」

いやどう考えても前から傍若無人ですよね。

ココでそれを言ったら頬をつねられるだけでは済まないだろう。

なのでその感想は口にしなかった。

「円さん達が一緒に行くことになったのはウミ姉が誘ったからじゃないですか。予想もしてなかったけど、迷惑どころか嬉しいぐらいです。ボクとウミ姉だけじゃ……陽兄を思い出しちゃって楽しむどころじゃなくなっちゃいますよ」

「……そうか」

短い返事をした円さんが、煙草を携帯灰皿に押し込んだ。

その所作が口にしたいたくさんの言葉を潰すように見えたのは何故だろうか。

「まあ、アタシが行くからには落ち込んでる暇なんてやらないからな。せいぜい記憶に残る夜にしてやる」

「夜に一体何が始まるんですか……」

別の意味で怖い。

そういえば円さんって相当酒豪なんだっけ。

まさか日頃の鬱憤を晴らすためのリミッター解除なんてしないよね？

「楽しみにしとけ。刺激的な夏をな」

「お手柔らかにお願いしますね？」

ボクの冗談に対して、映画に登場する悪の親玉のように、悪そうな笑みを浮かべる円さんなのであった。

　お手伝いを終えた日の夜。

　ボクはごく最近の出来事もあって改めて悩んでいた。

　いつ、それを伝えるべきか。黙ったままでいるのか。

　そういうモノ程、意外とあっさりバラす機会が訪れるとは知らずに。


「ああー!? ………負けちゃった。もう、くやしいったら!!」

「でもけっこう危なかったよ。もうちょっとでコッチが負けてた」

　対戦ゲームで負けて「うがーー」とクッションに倒れ込んだウミ姉が、納得いかなそうな目を向けてくる。

「ふーんだ、なによその強者の余裕。まったく可愛げもない……ほんとに危ないと思ってる人は、負けた相手にそんな言葉をかけたりしないんですよーだ」

「拗ねない拗ねない」

　ほんとはもっと拗ねてほしいけど。

　そうしてると可愛いから。

「ああ、くやしくなったら何か食べたくなっちゃった」

「夜中だけど？」

「その『太るけどいいの？』って遠回しに言うのはやめてー。どうせ言うならストレートに言ってー」

「えっとじゃあ……ブタになるよ？」

「お生憎様。ブタさんの体脂肪率は普通の人間よりずっと低いですよーだ」

拗ねきったウミ姉が冷蔵庫を漁りに台所へ行く。

確か冷蔵庫の中は買い物したばかりだから大抵の物が入っていたはずだ。フルーツやオツマミ、ゼリーなんかも。

「あっ、桃ゼリー見っけ」

好きでよく食べてるメーカーの桃ゼリーとスプーンを持ったウミ姉は、テーブル前に座り直すとすぐにゼリーを食べ始める。

漂ってきた甘い桃の香りを鼻がかぎつけ、お腹が少しだけ何かを食わせろと訴え始めてしまった。

「ボクも何か食べよっかな」

「あ、じゃあコレ半分こしよっか」

「いいの？」

「一人で食べきるにはちょっと多いし……ブタになるし？」

ブタになってもウミ姉が好きだよ。

なんて陽兄が言いそうな言葉を口にしたら、物が飛んでくるかもしれない。

「じゃあ、取り分けるお皿とスプーン取ってくるよ」

「え、いいわよそんなの。はい、あーん」

ちょっ。

「いやそうやって食べさせてもらうのはちょっと……ボクもいい齢だし」

「なーに、大人ぶっちゃってんの。前は喜んでパクパク食べてたくせに……もしかして反抗期ぃ？」

「保育園児だった時の話だよねそれ⁉」

「これ、私のゼリーが食えぬと申すか」

「うわぁ……どこの殿様なのそれ」

ゼリー殿様。それはパワハラでございます。

「あーん」

「…………」

正直、めちゃくちゃ食べたい。

けどそんなの言えるはずがないでしょ。だって目の前で口にしたら変態っぽいじゃん！

でも、食べたい。

ああ、そうだこう考えよう。ボクはすごい抵抗感があるけど、ウミ姉にそこまでしてもらって食べないのは気分を害させてしまうじゃないか。

うん、これだ。納得完了。

「……はむっ」

スプーンの先でぷるぷるしていた桃ゼリーを頬張る。

多分、いつも食べてるより数段美味しい。

「ふふっ、よしよし。残りは全部食べていいからね。私はしょっぱい物が食べたくなっちゃったから」

ゼリーの容器ごと手渡して、再び物色しに行くウミ姉。量的に食べられないからボクに分けたんじゃ？　なんて疑問は抱くだけ無駄だろう。

残ったゼリーを口へと運び、容器を空にする。

そこですごい今更だけど、これ間接キスになるんじゃと気付いてしまい顔が熱くなった。

「そういえばナッちゃんさー、学校から何かお知らせとかきてないの？」

「お知らせ？」

醤油せんべいの袋を持ってきたウミ姉の問いかけに、そのまま聞きかえしてしまう。

「進路相談のヤツとか。三者面談がどうとかさ」

「あるとしても夏休みの後じゃないかな」

「そう？　ま、きたら教えてね。陽くんの代わりにちゃんと行くから」

何気ないウミ姉の宣言にドキリとした。

両親が共におらず、いまや一緒に暮らしていた兄もいなくなったボクにとってウミ姉は保護者と呼べる立場にある。

でも、ウミ姉が保護者として横にいる光景を考えてはこなかった。

いや、あえて考えないようにしていた。

そこまでウミ姉にしてもらうのが申し訳なかったのもあるし、なによりその状況が受け入れがたかったからだ。

だから、前にあった三者面談のお知らせは見せずに処分していた。先生は兄の件を知っているので、「いつでも相談していいから」と言ってボクだけ三者面談はしなかった。

この話の流れはマズイ。

そう思い話題を変えようとしたが、それより早くウミ姉がより行ってほしくない方へ舵をきってしまう。

「そういえば、しばらく進路について話した事はなかったかもね。ナッちゃんはどこに行きたいとか、何を勉強したいとか決まってたりするの？」

ああ、訊かれてしまった。

どうしよう、もうココで答えるべきなんだろうか。

その質問は、いつか訊かれるとはわかっていても非常に答えにくいものだった。少なくとも自分から話す決意はできていない。

だからこそ、伝えるべき人に訊かれたら正直に答えるべきだろうとも考えてしまう。

話すべきか。先延ばしにするか。

その二つが頭の中でぐるぐると回る。

でも、先延ばしにするっていつまで？

本当なら早ければ早い程いいって、自分自身でわかっているだろう。

勝手な自問自答。

進むべき道がわかっていてなお、進まないのはワガママだ。

ソレがウミ姉を縛ってしまう。

自分じゃなく、ウミ姉のことを考えるなら——。

その思考にいきついて、ボクは覚悟を決めた。

「おっ、真剣な顔しちゃってるね。いいよー、お姉ちゃんにドンと話してみなさいな」

正面から向き合ってくれたウミ姉の顔は、どこそこの学校を受験したいとか、そういう話を振られるのを予想しているものだった。

相談に乗れてちょっと嬉しいって思っているんだろう。

今からそれを壊すのか……気が重いな。

でもいつかは訪れる瞬間だから。

お別れは引きずった方が辛くなるだろうから。

「ウミ姉。……あの」

「ボク、さ。……ココから出ていこうと思うんだ」

ゆっくりと、でもハッキリと口にした進路に、
にこやかなウミ姉の表情が、強張（こわば）った。

「…………え？」

「や、やだなぁもう。ナッちゃんてば思わせぶりなんだから！」

わざとらしく大げさに驚いてみせるウミ姉の瞳が揺れている。

「出ていくって町の外にでしょ？　どこの学校に行きたいのかわからないけど、そんなに遠い場所なの？」

「行きたい学校とかは、決まってないよ。場合によっては進学しないで就職するのも有りかなと」

「手に職をって？　私からすればナッちゃんはもっと遊んでもいいぐらいだけどね」

「ううん、そんなわけにはいかないよ。本当ならもっと早くから行動した方が良かったぐらいだ」

「……そう、なんだ」

きっとウミ姉はわかっている。その上で違う方向へ話をずらそうとしているのだろう。

うん。

こっちもこんな話はなるべく続けたくないから、すぐに終わらせよう。

「さっきのココっていうのは、この家だよ。ボク、一人で自立できるようになりたいんだ」

「ッ!!」

ショックを受けたウミ姉の顔を直視できず、顔が自然と俯いてしまう。両手の指先が所在なさげに勝手にくっついたり離れたりしていた。

「自立って……一人で暮らすの？　ココから出て、別の場所で？」

「うん」

「なんで？　ココはナッちゃんの住んでる家で、陽くんと一緒に暮らした家じゃない。ナッちゃんが家を出ていく必要なんてないわ」

「いずれは出ていくんだから、それが早いか遅いかの差だよ」

「いつかって、もっと先の話でしょ⁉　今のナッちゃんの言い方だと、まるで今すぐにでも出ていきそうな感じだったよ！」

　ボクは否定しなかった。

　黙っているその姿が、ウミ姉には肯定として映っただろう。

　出来るなら否定したかったけど……今はこう言うしかないんだ。

「駄目よ、ダメダメ。了承できない、認められない。もし私と一緒に暮らす事で不満があるのなら、腹を割って話し合えばいいじゃない。それでもダメなら、私が出ていけば解決するんじゃない？　学生のナッちゃんが出てく必要ないじゃないの」

　不満……か。

　そんなものはないよ。ウミ姉と一緒にいられて嬉しかったもの。

　ああ、でも不満といえば不満なのかな。

　こんなにウミ姉が好きなのに、ボクはこの気持ちを伝えられない。

もっと触れ合いたい、お喋りしたい、遊びたい。いつまでも一緒にいたい。

……この好きが、家族や友達の好きだったら、それなら大丈夫だったのに。

「ウミ姉が出ていくなんてダメだよ。ボクの都合で追い出すなんてダメに決まってる」

「私だって同じよ！　あぁーもうっ、一体何をどうしたらそういう考えに行きつくの？　今後のために私にわかるように説明するよう要求します！」

「えぇ～……」

「説明しないなら、一切認めないわよ。私はナッちゃんの保護者だからね！」

なんか、話が変な方向にこじれてきた。

説明するといっても……本音を口にできるはずもない。ここは建前としてそれっぽい理由を話すしかないかな。

……バレたらどうしよう、意外と鋭い時あるもんなぁ。

「えっと……」

「何よ歯切れの悪い。そんなに言い辛い理由なの？」

めちゃくちゃ言い辛いよ！

ウミ姉が好きすぎてタガが外れたら何するかわかんないから、なんて言えるわけないじゃないか！

こちらの苦悩(くのう)を察したのか。

ウミ姉が何か重大な事態に気づいたように、はっとした。

「あ……そっか、そういうことかぁ」

「え？」

まさか秘密にしていた気持ちがバレ――。

「ナッちゃんも……男の子だもんね。小さな子供じゃないんだから、そういうことも……

そっかそっか」

勝手にうんうんと頷かれ、ボクは嫌な予感がした。

いや多分コレ気持ちがバレたとかじゃなくて、もっと変な方向に勘違(かんちが)いしてるよね？

「あの、何の話？」

「ああ、うん。ごめんね気付いてあげられなくて……ナッちゃんにだって一人で居たい時
があって、そのとき私はお邪魔なんだよね」

「？？？」

「その……今度ヘッドフォンとノートパソコンでも買う？　それなら万が一私が家に帰っ
て来たとしても安心だろうし」

「だから何の話!?」

明らかに見当違い(けんとうちが)だろうけど、わけわかんないよ！

「えっと……その、え、えっちなものを落ち着いて観たいんでしょ？　ごめんね、私ってば普通にナッちゃんの部屋にあるゲームや漫画借りに行くから……よく慌ててたのってそれだよね」

「いや⁉　いやいやいやいや⁉」

確かに！

そういうことも極稀(ごくまれ)にあったけれども！

「そんなんで独り立ちしたいなんて言うわけないでしょ⁉　別にそういうアダルトな理由じゃないから！」

「そ、そうなの？　男の子ってある一定の年齢(ねんれい)になると、定期的に発散しないと死ぬんでしょ？」

「死なないし！」

……たぶん。

「その変な知識はどっからきてるの⁉」

「前に陽くんがそう言ってたよ」

違うの？　そう、純粋な目が訴えてくる。

陽兄めぇ、またテキトーな冗談をほんとうっぽく話したんだな？　なんてやつだ。

「考えてみれば、ナッちゃんが彼女を連れてきたことないもんね。それも私が無自覚に青い春を妨害してるから……」

「そういうのじゃないから！」

そもそも、いないものを連れてこれるはずもない。

それにボクの好きな人は、既に一緒に住んでるんだもの。連れてくる以上によっぽど親密だよ。

「と、とにかく今はそういう風に考えてるってだけだから！　もうこの話はおしまい！　はい解散！」

「そんな強引に打ち切ろうとしても逃がさないわよ！」

慌てて自分の部屋に逃走しようとしたボクに向かってウミ姉の体当たりが炸裂する。まさか物理的に止めに来るとは思っていないところに後ろから喰らったので、フローリングの床にビターンと倒れてしまった。

「白状しなさい！　色々溜めこんでるんでしょ⁉」

「…………」

抵抗の一環として黙りこむ。

けれど、当然ウミ姉がそれで諦めるはずもなく、

「へぇー？　そういう態度取るんだ？　なら、仕方ないわね」

ぞくりとする声を発した直後、ウミ姉は両手をボクの身体へと滑り込ませてきた。直接肌に触れたその細い指先が、わきわきと動き、弱点の脇を——いやダジャレじゃなくて！

「や、やめ⁉　ちょ、あは、あははははは⁈」

「ほらほら、早くしないと酸欠になるわよ。それとももっと効く場所をくすぐって欲しいのかな？」

「こ、こんなのに屈するボクじゃな——ひははは⁉　ちょとそこをこちょこちょするのはダメでしょ‼」

「ここか、ここがいいのかぁ⁉」

なんだこれ、ウミ姉は強い酒でも飲んだのかまるでオヤジみたいじゃないか。

背後を取られたあげく徐々に力を失っていくボクの抵抗はしばらく続いたが、一方的な尋問が終わるはずもなく、

「ぜー……ぜー……」

「で、何か言うことは？」

一時的なインターバルが置かれている間に呼吸を整えようとしたが、多分尋問はすぐに

再開される。あんなの何回もされたらおかしくなっちゃうよもう。

なんとか、まずは背中にのしかかってるウミ姉をどけないと。

何か手は……ううん、できればこの方法は避けたかったけど仕方ない。

「……ウミ姉、すごい言い辛いんだけど」

「大丈夫よ、どんな言葉でも受け止めてあげるから」

「押しつけられた胸が気持ちよくて、何考えてたか忘れちゃった」

「ファッ⁉」

よしっ軽くなった。

さすがのウミ姉でもボクがこーいうことを口走るなんて予想できなかったんだろう。狙い通りである。

「いまだ！」

「あ、こら！　待ちなさい‼」

待つわけないけど、ウミ姉は全力で追いかけてきた。そのスピードが速く、慌てて自室に入ってから扉を閉めようとするが間に合わない。

「でえい‼」

「ごふっ⁉」

振り返って扉を閉めようとした矢先に強引に飛び込んできたウミ姉のフライングタックルを受け、ボクは後方へと押し出される。

その際、ゴンッ！　と何か硬い物に後頭部がぶつかり目の前がチカチカした。背中は柔らかい物に受け止められたようなので、多分頭がぶつかったのはベッドボードか壁だ。

ふつーに痛い。

「こ、後頭部にたんこぶできそう……」

「無理に逃げようとするからでしょ！」

いや、そっちが追いかけてきたからでしょ。

「まったくもう……大丈夫？　ほら、ちょっと診せて」

「い、いいってばそういうのは！」

「大人しくする！」

ビシッと言い切られてしまうと、もう頭が上がらない。

大人しくされるがままになると、ぶつけた箇所を確かめるためにウミ姉がボクの頭部を引き上げた。

その際、目の前の膨らみに顔を突っ込むハメになり、従順とはまったく異なる理由で硬直してしまう。

ウミ姉、そういうところだぞ⁉

どんだけ警戒心がないんだよまったく！

「よかった、大丈夫っぽいね」

「……ソウデスネ」

「じゃあ話の続きをしようか？　ほらほら、いつまでそのままでいるつもり？」

「ウミ姉が離れてよ」

「イヤよ。だって離れたらナッちゃん逃げるじゃない」

「だからって押し倒されたままで話すのはちょっと……」

「あ、そっか。男の子的には不本意だよね、やっぱり押し倒されるより押し倒す側の方が」

「そういう話をしてるんじゃないからね⁉」

「ムキになるところが怪しいな～？」

「ムキじゃないし。当たり前のことだし」

本当に、早く離れた方がイイ。

これでもいっぱいいっぱいなんだ。これ以上されたら――。

「ほら、覚悟を決めて話してみてよ。私を陽くんだと思ってさ」

ギュッとウミ姉の全身がボクを優しく抱きしめた。身体だけじゃなく、心まで包み込むように。

それがダメ押しになった。

「……ウミ姉」

「ん？　どしたのナッちゃん。そんな風にナッちゃんからギュッとハグして来るなんてめずらし――」

「ボクは……ずっとこうしたい人として見てたよ」

「――い？」

ウミ姉のマヌケな声を最後に、周囲から音が消えたように感じた。いや、それは気のせいだ。だってこんなにも鼓動の音が激しいのだから。

時間が静止したかのように何も動かない。

しばし、そのままの世界が続く。

愛しい人のぬくもりを味わい続けられるこの世界はなんて甘いのだろうか。ほら、こんなにすり寄って匂いを嗅いだりしても問題な――。

そんなわけない。

やばい、時間が経過して一気に冷静さが戻ってきた。

待って、今ボクは何をしている？

何を口走った？

どこまで言ってしまったのか自分で把握できてない。え、大丈夫か？　好きなんて口走ってないよね？　それだけは回避したよね、うんうん大丈夫だそれだけは阻止した。

——ってアホか！　なんにも大丈夫じゃないよ⁉

「あの……今の、聞こえてない……とかそういう話は……」

いきなり耳が遠くなったとか、万にひとつの可能性に賭けて、身体を少し離してみる。

ちょっとだけ俯いてるウミ姉の顔は、真っ赤っかのトマトみたいだった。

うん、訊くまでもなかったね！

その様子がすべてを物語っているよ‼

「……あの、そのね……」

「違う、違うんだよウミ姉コレは……さっきのはそういうんじゃなくてッ」

なんて嘘くさい弁解なのか。

でも他にどうしろっていうんだ誰かいい方法があるなら教えて欲しい。

「だ、大丈夫だよ……うん。ナッちゃん……あのねッ」

おそらくボクと同等かそれ以上に混乱していると思われるウミ姉だったが、割と落ち着いているようで、こっちより早く言葉を口にしてくれた。

「夜のオカズとして使う分には、許容できるから大丈夫だよ⁉」

「何ひとつとして大丈夫なトコロがないよ⁈」

突発的（とっぱってき）な事故を盛大（せいだい）にやらかしたその夜から。

すっぽり収まっていたボクらの関係は、とてもギクシャクした物へと変化してしまった。

その想いを伝えて

「ちわーーーっす！　今日はクソ暑い上に太陽が眩しすぎる絶好の海日和ですね!!」

駐車場に現れたゴローの笑顔は晴れ渡っている空に昇っている太陽よりも眩しい。どれだけ楽しみにしていたんだコイツは。海まで数時間はかかるというのに、既にシュノーケル装備だし。

「おはようゴロー。準備万端だね」

「おうよ！　この下には海パンもバッチリだぜ!!」

テンションたかっ!?

思わず手で目を覆ってしまいそうな程に、今のゴローは輝いてみえる。

その輝きに釣られたのか。車に載せる荷物を再チェックしていたウミ姉が車の向こうからひょっこり顔を出すと、

「おはよーゴローく――うわっまぶしっ!?」

ボクと同じようなポーズをとった。地底から這い出たゾンビが太陽の光を目の当たりに

したかのようだ。

「海華さん！　今日からお世話になります！」

「うんうん、元気いっぱいだね～。じゃんじゃんお世話しちゃうよー」

「いやっほーーー!!」

　腕をあげてゴローが大ジャンプ。

　その着地点にボクはそっと近づいた。

「ねえゴロー？　今のウミ姉の発言に対してよからぬことを考えてたなら、今すぐその煩悩を捨ててね？　さもないと――」

「めっちゃ怖ッ!?　大丈夫だ、安心しろ！　オレはお前の味方だ！」

「ならいいけど」

「でも、脳内妄想は止められないんだ。わかってくれるよな？」

　前言撤回。

　ほんとにコイツは味方なんだろうか？

「ってーか、ナツこそよ。海華さんと二人っきりになって暴走するんじゃねえぞ？」

「しないよ。大体二人っきりって、いつもじゃん」

「風呂上りの浴衣姿の海華さんが、並べて敷かれた布団の上にいても同じ台詞が言えるか？　ちょっとお酒飲んでて色っぽい上に胸元や太腿がはだけちゃったりとか」

「…………し、しないし」

「オレの目をしっかり見て答えてみろや！」

無理だよそんなの。

ゴローの妄想に激しすぎかとかツッコむ以前に、誰だって危ういじゃないかそんな状況。

大体もうボクは一回やらかしてしまっている。

ああ、ゴローへの答えがなんと薄っぺらいことか。

「バカなことくっちゃべってないで、早く荷物をトランクに載せなよ。準備ができたらすぐ出発だからね」

「おっと、そうだな」

車の後方へゴローが移動するのを見送って、ふぅと息を吐く。

どうしたものか……本当に、どうしたものか……。

先日のやらかし以降、ボクの思考はちょっと時間があればすぐ悩みをループさせてしまっている。これほど時間をかけているというのに、良い手はまったく思いつかない。

「あ、そうだ！　ナッちゃ――ナツくん、その、出発前に飲み物買っておきたかったらお金渡すよ？」

「ううん、大丈夫。移動途中にどっか寄った時でいいよ」

「……そ、そっか！　じゃあ私は最後の戸締(とじ)まり確認してくるから、ちょっと行ってくるね！」

　元気そうに言いながらもどこか肩を落とし、ウミ姉が一旦マンションの方へ戻っていく。

　……あの時からこんな風にギクシャクしている。変な感じだ。でも、全部ボクのせいなんだよな……。

「なあ、ナツ。なんか今、海華さんのお前の呼び方が――」

「なんでもないよゴロー。そもそもちゃん付けで呼ぶ方が珍しくて、大抵はああ呼んでるんだから」

「あれ？　そうなのか、へぇ～」

　深読みせず、ゴローは納得しているようだ。

　別に嘘をついてるわけじゃない。最近は大体ナッちゃんなんて子供の時のように呼ばれてたけど、本来はナツくんの方が正解なんだから。

　でも、なんだろう。

　今は無性(むしょう)に、子供相手のようにニコニコしながら呼んで欲しいって思っちゃうな。

「……どうにかしないと」

このままじゃせっかくの旅行が台無しになってしまう。

それは絶対ダメだ。

ボクとウミ姉の関係が変わったからといって、つまらない旅行にしたら陽兄との思い出まで汚してしまう。

「よしッ」

強引でも構わない。

目的地に到着する前になんとかしよう。

密かに、そう決意した。

旅行の目的地白仲浜までは、下道と高速道路を使っておよそ数時間。朝早くに出発したので、お昼前には着くだろう。
まずは毎年お世話になっている味わい深い旅館で宿泊手続き。
荷物を置いたらすぐ傍の浜辺へ。
そこから先はひたすらに遊びほうけるのが一連の流れだ。

「事前にちょっと調べたんすけど、白仲浜って釣りやダイビングで行く人もいるんすよね。海華さん達もやったりしてるんです？」

「釣りもダイビングもやったことあるけど、それよりも磯潜りの方が多かったわよね」

「うんうん。どっかの誰かさんがゴムボート持ちだしてきて、それに乗って魚がたくさんいる深い方まで行ったり、仲良くなった漁師さんや海女さんと一緒にサザエやウニなんかも採ったりしてたよ」

「マジか。無人島生活みたいだな」

「採りたては美味しかったわね～」

「網焼きに醤油垂らした時のいい匂いがまた堪らなくて……」

「うおお⁉　オレ、絶対現地に着いたら海の幸を存分に味わうぞ、今決めた！」

後部座席でくやしがるゴローを尻目にした後、隣で運転しているウミ姉の様子を窺う。

眩しさ防止にサングラスをかけたウミ姉は、いつも以上に夏らしい服装をしている以外に大きな違いはなさそうだ。だけど、その態度にはやはり違和感が出てしまうようで。

「ウミ姉、飴の袋を開けたんだけど何味が食べたい？」

「ありがとナッち――ナ、ナツくん！　それでしたら桃味があったら貰えますか？」

「桃味ね……っと。はい、口開けて」

「じじ、自分で食べれるから手の上に貰ってもいいかな⁉」

「わかったよ」

うん、やっぱり変だ。

いままでのウミ姉だったら手に載せようとしたら「口に入れてー、はいあーん♪」とか自分からやってきたのに。

ほら、あの単純そうなゴローもなんか不思議そうな顔してるじゃないか。このままじゃ変化を察知されるのも時間の問題かもしれない。

内心そんなことを考えていると、車は高速道路に入った。

そこで頭にピンと閃く。

「ねえねえ、ここから三十分ぐらい走った先にあるサービスエリアに寄ってかない？　少し前にテレビ番組で特集してたところでさ、最近新しくなって名物のクレープとかあるらしいよ」

さりげなく提案すると、ゴローがすぐに喰いついた。

「おっ！　その特集はオレも観たな。せっかくだから行ってみたいぜ！」

「へえ〜〜、ナッちゃ——ナツくんもゴローくんも情報通ねぇ。それじゃあ少し寄り道しましょうか」

「いえーい！」

　どうやら上手く行ったようだ。

　これでなんとかなるかもしれない。けど、ウミ姉さぁ……こっちから言えた義理じゃないんだけど、その毎回言い直すのはどうにかならないのだろうか。

「うぅ……」

　あとその、ことある度にチラッチラッこっち見てくるのも、なんとかして欲しい。ボクが落ち着かないから。

「ウミ姉待ってよ！」

「走って追いかけられたらッ、逃げないといけないでしょッ！」

「ボクが走ってるのは先にウミ姉が走って逃げだしたからだよ!!」

　まさか話しかけようとしたら逃げられるなんて……しかも割とマジの走りだ。さっきからサービスエリアに滞在している人たちの注目がすごいッ。

「はっ、話を！　とにかく話を聞いて!!」

「あーーあーーーーーきこえなーーーーーいい!!」

うわぁ!? 遂に耳まで塞ぎだしたよどんだけ逃げたいんだよあの人はまったくもう!

「しっかり聞こえてるじゃないか?! わかった、わかったよ! もう追いかけないからひとまず止まっ——うわぁ!?」

「ナッちゃん!?」

道路と歩道の段差につま先を引っかけて転ぶボクに反応して、ウミ姉が慌ててコッチの方へ戻ってくる。

「大丈夫!? 怪我してない!?」

「へへっ、よーやく捕まえた」

あっ、という顔をしてももう遅い。この手はウミ姉の腕をしっかり掴んでいる。もう逃がさないぞ。

「まさか演技?! こ、この卑怯者」

「いや、カッコ悪いけどコケたのは本当……。それから、ウミ姉と話がしたいのも」

「うっ……」

ココはフードコートや各種お土産屋さんのある大きな建物に近くて、人目が多い。どうしてもその場所ではダメなわけじゃないけど、食糧調達に行ったゴローに見つかる可能性もある。

だから、ボクらはサービスエリアの端っこにある人気の少ない古びた休憩所へ移動した。途中、ウミ姉が女子トイレに行こうとしたが断固拒否した。さすがにソコは鉄壁すぎて追いかけられないからね。

「座る？」

「……うん」

ベンチが複数置いてあるだけの休憩所には、一組の老夫婦以外の人はいなかった。おじいさん達から一番遠いベンチを選んで、ウミ姉が腰かける。その横に座ってようやく一息つけた。

「はぁ〜、これでやっと伝えられる……」

「な、何の話でしゅか?!」

「そんな緊張しないで。……ボクが言えた義理じゃないけどさ。改めてちゃんと気持ちを伝えようとかじゃないから」

「……ココでそんなことされたら……どうすればいいかわかんなくなっちゃうよぉ」

「だからしないってば。伝えたいのはもっと……ずっと手前のこと」

「手前？」

少しは落ち着いてきたのか。ウミ姉がようやく話を聞いてくれる態勢になってくれた。

ボクも気持ちと呼吸を整えて、意を決する。

「突発的にあんなこと言っちゃったから、ウミ姉が混乱するのはわかるよ。でも、それが理由で避けたり変な態度を取り続けるのは違和感がすごすぎ。単純なゴローだって不思議そうにしてたじゃないか」

「うっ……」

「ボクと二人っきりの時ならまだしも——」

……本当は良くないけど。

「ゴローや円さん、誰かと一緒にいる時は今までどおりに接して欲しいんだ。ワガママだけどさ。変な態度で何か察せられて、周りに気遣わせるのはウミ姉も不本意でしょ？」

「それは……うん」

「それに初っ端からコレじゃ、毎年恒例の楽しい夏旅行じゃなくなっちゃう。それは……とってもイヤだよ」

陽兄なら何も見なかった体を保ちつつ大笑いするんだろうけど、ボクには不可能だ。けど、気持ちがバレないようにするのはこれまでもやってきた。だからなんとかなるはずだ。

「だから、ね？　これまでのウミ姉でいてよ。あの夜のことは無かったことにしていいからさ」

「…………うぅ～～～～～」

悩んでる悩んでる。

ウミ姉はこうやって頭を抱えて唸るのも可愛いなぁ。

「……はぁ～～～、わかったわよ。理解了解承知しました～！　……全部まるごとは無理だけど、ナツく――ナッちゃんの言うとおりだもの」

「わかってくれてよかったよ」

ナッちゃんとまた呼んでくれたことが、嬉しかった。

「そうと決めたら売店を物色しに行こ！　お腹も空いたし、喉も渇いたわ。何か美味しい名物があるんでしょ？」

「売ってるのはお土産屋さんの方かな？　とりあえず歩こっか」

立ち上がるウミ姉を引っ張り上げてから、ボクは掴んでいた手を離した。もう逃げることもないだろうから、離す理由しかないからだ。

――そのはずなのに。

「ちょっと、すとーっぷ」

今度はウミ姉からボクの手を握ってきたので、鼓動が跳ねあがってしまう。

「追いかけ回した罰として、ナッちゃんには手繋ぎでの先導を命じます。さっ、はりーはりー！」

「止まれ直後に急げ急げって意味わかんないよ……」

でも、手を繋ごうとした理由はわかる。

ウミ姉なりの「ごめんね」と「仲直り」だ。

「元通りに接してくるのはいいけど、過剰なスキンシップは遠慮してね」

「あら、お姉ちゃんに注意なんて生意気じゃない？」

ふふんっと余裕アピールしてるっぽいけど、この人はわかってないなぁ。

「多分だけど……その時の状況によっては、押しつけてきたら揉むし、熱烈に抱きしめられたら問答無用で最後までいこうとすると思うよ。それでもいい？」

「なッ⁉　ちょっとそれはエロすぎない⁉　いつからそんなエロい男の子になっちゃったの⁈」

「エロエロ連呼しないでよ！　これぐらい普通だよ‼」

「ふ、普通なんだ？　そ、そっかぁ、へぇ〜……」

ああもう！

また変な雰囲気になっちゃったじゃないか！

いたたまれない気持ちでいると、休憩所にいたおじいさんおばあさんと目が合った。

「若い子はいいのぅ」

「その調子で頑張るんじゃよ～」

決して二人が直接そう口にしたわけじゃないけど、その温かな視線からはそういうものが見てとれる。

増々じっとしてられなくなったボクは謝罪のつもりでぺこりと頭を下げ、急いでその場から離れていった。

サービスエリアを出発して以降、ウミ姉は大分いつもの調子に戻ってくれていた。
「この苺（いちご）クレープ美味っしぃーーー！　ナッちゃんナッちゃん、もう一口、もう一口ちょうだい！」
「はいはい」
再び口元へ差し出したクレープをウミ姉がパクリと食べる。どうやら大変ご機嫌のご様子であり、助手席にいるボクに甘えまくってるようだ。

普段どおりっちゃ普段どおりではあるんだけど、果たしてコレでいいのかといえば納得しがたいわけで……。

「ナッちゃんも早く食べなさい！　そして感動に打ち震えるといいわ」

「そこまでの食べ物なのコレ？　どれどれ」

勧められるがまま口をつけようとしてはたと気付く。

こ、このままだと間接キスなんじゃャッ。でも、ウミ姉は早く食べろって言ってるし……気にし過ぎだよね。

頭の中に浮かんだウミ姉が食べた瞬間の光景が消えてくれない。角度を変えたりすれば避けられるか？　なんて考えたが、誰かさんが二回頬張っていたため、クレープ上部の一回りが綺麗に食べられている。

食べない手もある。けど、それは不自然だ。

ついさっき『いつも通りにして欲しい』なんて言った傍からそんなことをするわけにも……気にするな。意識しすぎだ。

意を決して苺クレープを食べる。

ああ、これは確かにとても甘くて美味しい。ただ、ちょっとボクには甘すぎたかな。

「ごめん、ゴロー。後ろに置いてある醤油団子を一本取ってくれない？」

「はいよ、このパックに入ってるヤツだな？」

「それそれ。突然しょっぱい物が欲しくなってさ。あ、このクレープは全部ウミ姉が食べていいよ」

「あれ？　ナッちゃんはこういうの嫌い？」

――その質問は良くない！

だって、ココで「すっごい美味しかったよ」なんて伝えたら、間接キスに対しての感想みたいに聞こえるかもしれないじゃないか！

また変な空気を作りたくなんてない。断固拒否だ。

「お……美味しいけど、一口で十分かなって」

「ふーん、こんなに美味しいのに。そしたらあとは私が貰うね」

半分以下に減ったクレープがウミ姉によって少しずつ食べ進められていく。

その様子からは、ボクが食べたとか間接キスがどうたらなんて気にしている風には見えない。

なんて思っていたら、突然ピタッとそのはむはむしていた口が止まった。

「……ッッ」

その横顔がみるみるリンゴみたいな色になっていき、綺麗な肌から汗が滲みでていく。

これはマズイかもしれない。

気にしないいんじゃなくて、今気付いたヤツだ。

「あの……大丈夫？」

「えっ、なにが⁉　全然大丈夫だけど！　そそそうだ！　ゴローくんもコレ食べてみたらどうかな⁉」

「いいんすか⁉　それじゃあ有りがたく――」

ウミ姉の謎パスを待ってましたとばかりにゴローが受け取り、クレープはあっさりお腹の中へ移動した。

「ああ、美味(うま)いなコレ！　さすが名物というべきか」

「そうよねさすが名物よね！」

「でも、きっとこの美味さは海華さんから貰ったからだと思いますよ！　あ、今更だけどコレって間接キスに入りますかね？」

ゴローのデリカシーのなさが、ボクとウミ姉を同時に吹きださせた。せっかく意識しないようにしてたのに、コイツはまったくもう。

「だ、大丈夫大丈夫！　むしろごめんね、そういうのに疎(うと)くて」

こっちはこっちでまた意識しすぎてるし。疎いなんて嘘をよくその状態でつけるもんだ。

「ゴロー……お前、もうちょっと空気ってもんをさ……」

「はあ？　………あー、そっか。姉弟で仲良く分け合ってたのを邪魔してスマン」

「そういう意味じゃないから⁉」

力強い否定が車内に響く。

その頃には横で運転しているウミ姉の顔色は割と戻っていたけれど、耳だけはもう少しの間だけ色が残っていた。

騒がしくも退屈のない移動はそんな調子で続いていったが、大したトラブルもなく、ボクらはお世話になる旅館へと到着した。

◇　◇　◇

旅館・柴松は日本の古き良き宿といった雰囲気の場所で、物腰の柔らかい松おばあちゃんが切り盛りしている。

和風な建物はそれなりに大きくて客間も多いのに、何故か旅行雑誌に載ったりもせず、このシーズン真っ盛りな時期でもめちゃくちゃ混んでるって感じはしない。

知る人ぞ知る秘密の場所。

そんなところがボクらには好ましく映っていた。

「遠いところよく来たね。思ったよりも遅くならなかったみたいじゃないか」

「こんにちは、おばあちゃん！　今年もお世話になりまーす！」

田舎の祖母を相手にするような挨拶は、ウミ姉と松おばあちゃんが顔見知りだからこそだ。毎年同じ時期にお世話になるので、ボクらのことを松おばあちゃんはしっかり覚えている。

白髪の多い髪からして割とお歳のはずだけど、そのピシッとした着物の着こなしや姿勢の良さから衰えはまったく感じられないし……すごい元気そうで何よりだ。

「お久しぶりです。今年もよろしくお願いします、松おばあちゃん」

「ありゃ、ナツシくんも随分大きくなったね。去年はこーんなに小さかったのに……若い子の成長は早いもんだ」

「いや、そんなに小さかったのは十年ぐらい前じゃ……」

「細かいことを気にするとハゲるよ。さて、今日来るのは三人って聞いてるけど、あと一人はあの騒がしいお兄ちゃんかい？」

ボクは顔を曇らせてしまった。

おばあちゃんは陽兄のことを聞いてないのだから、当然そういった話になるっていうのに……。

「こんちは！　ナツの友達のゴローでっす。よろしくお願いしまっす！」

「おやまあ、これまた元気なのがきたね。後でスイカでも持って行ってあげるから楽しみにしてな」

「あざっす‼」

ニコニコと笑う松おばあちゃん。

この場はゴローのおかげで明るくなったけど、陽兄のことを松おばあちゃんに伝えるべきだろうか。仮に伝えるとして、どう話せばいいのかな……。

そんなことを考えていると、

「おばあちゃん。早速だけど荷物運んでちょっと休んだら、すぐ出発するつもりなの。だから手続きをお願いしたいわ」

「おお、そうかいそうかい。じゃあ受付に行こうかね」

ウミ姉が松おばあちゃんを伴って入口から旅館へと入っていく。すれ違いざまにボクの背中をポンとひとつ叩いて。

お姉ちゃんに任せなさい。

そう言いたげだった。

そのおかげもあって悩むのは止められた。同時に、陽兄の話をする時は可能な限り自分も同席しようと思えた。

でも今はそれよりも……。

「とりあえず車の中から出せる物は出そっか」

「おうよ！」

ボクとゴローは協力して荷物を屋内へと運んでいく。

そうしている内に手続きも終了したので、ウミ姉も含めた三人でそれぞれ荷物を抱えながら宿泊する二階の部屋へと向かった。

部屋番号が書かれた鍵を使って少し重い扉を開けると、ソコはこれでもかってぐらいの和室だ。

一年振りの部屋から香る畳（たたみ）の匂いに、少しだけ懐（なつ）かしさが湧きあがってきたのはきっとボクだけじゃない。

「後から来るもう一人もいれて、隣同士（となりどうし）で二部屋あるからね。好きに使っておくれ」

「ありがとうございます。じゃあ荷物はココにまとめてっと」

「はいはい。ああ、そうそう。そこそこ防音は利かせてるから、夜中に盛り上がっても大丈夫じゃよ。若者は体力あるから夜更かしが好きじゃろ？」

「えーっと……」

陽兄なら「よっしゃあー！」って一人ハッスルするんだろうけど、コレはなんて答えたらいいんだろう。

うーん……ボクとゴローはお酒が飲めるわけじゃないし……いやでもウミ姉はともかくとして、円さんがいるから激しく酒盛りが行なわれる可能性もあるのか……？

「そうですね。でも、迷惑はかけないようにしますので」

「なあに布団が多少汚れるくらい気にすんじゃないよ。その辺で出会った相手としっぽりしたい客なんて珍しくもない」

布団？

なんで酒盛りの話で布団が関係するんだろう？　お酒をこぼすとかそういう話？　しっぽりってどういう意味だっけ。

「ちょ、ちょっとおばあちゃーん！　そういう話は大人の前だけにして欲しいなあ！」

「ふぇふぇふぇ、なあにジョークじゃよ、ジョークぅ。ほれ、あんまり慌てとると誤解を招くぞ」

「もーーーッ！」

どうやらこの場でウミ姉だけが松おばあちゃんの意図するものがわかったらしい。けれど、後でどういう意味だったのか訊こうとしたら、

「ナッちゃん達が知らなくても問題ないことだよ！」

ちょっとだけ、ウミ姉はぷんぷんしていた。

「ひゃっほうッ海だーーーーー！」

潮風の匂いを感じながら海岸近くを歩いていくと、海水浴場が見えてきた瞬間にゴローが一目散に駆け出した。かと思ったら、浜辺に降りられるコンクリートの階段を下った辺りでヘッドスライディングを決めている。

「ぶほっ!?　ぺっぺっ！」

「大丈夫ゴロー？　いきなり頭から砂地に突っ込んで大興奮なんて奇特な趣味だなぁ」

「変な設定をつけるな！　砂に足を取られたんだっつーの！」

歩いて追いついたボクが助け起こすと、頭をぶんぶん振ったゴローから砂が飛んできた。

晴れの空はどこまで青く澄み渡り、太陽によって熱された砂浜はサンダルを履いていて

も熱く感じる。お昼前ではあるけど、既に多くの人達が解放感あふれる海を楽しんでいるようだ。

「二人共ー、どこにパラソル立てるー？」

ウミ姉の声がした方へ振り向くと、隣のゴローが「うおおおお⁈」と歓声をあげた。

頭の装備は麦わら帽子にサングラス。腕に抱えている浮き輪にパラソル。上下お揃いの色合いをした赤いビキニは惜しげもなく白い綺麗な肌を際立たせて——はないか。半分くらいは大きめの白シャツで覆われてるから。でも、むしろ胸部を盛りあげる内なる実りや股辺りが時折光で透けるので、色々と注目度を上げている気がする。

ってかいうか、なにそのシャツチョイス！

太腿辺りまで丈があるから見ようによっちゃそれしか着てないように見えるんだけど⁉

「なんでそんな恰好で⁉」

「えっ、海で遊ぶんだから水着を着るのは当然じゃない？」

「それは……そうだけど」

「……あ〜、もしかしてナッちゃんってば私の水着姿がとっても楽しみだったのになんでシャツなんて、って言いたいの〜？　えっちだなーもう。でもそうだよね、自分で選んだ水着なんだから一番に見たいよね〜」

「強引に選ばせたの間違いだろ!!」

完全にからかってる目つきと口調で煽られた。

とてもサービスエリアでキョドってた人と同一人物とは思えないくらいだ。

……そりゃあ、一番に見たい気持ちは少しはあったけども。

「なにぃ!? あのちらちら見えてる海華さんの水着をナツが選んだだとぉ!」

「なんだよ、何か文句でも?」

「バカ野郎!!」

ケンカ腰に聞こえそうなボクの言葉に対して、ゴローが取った行動。それは勢いよく両手を振り上げてからの、

「よくやったあ!!!」

両肩をバシーンと叩く大賛辞だった。

「グッジョブ! お前はやっぱりよくわかってる!」

「……ど、どうも?」

「こぉーら、いくら解放感あふれる海だからってあんまりえっちな目で見ちゃ失礼だぞー」

「すんません! でもとってもよく似合ってるっす」

「ふふっ、ありがとゴローくん」

褒められてまんざらでもなさそうなウミ姉である。

二人が話してる間に、ボクは適当にパラソルを立てるのに良さげな場所を確保していたんだけど……。

「ナッちゃんナッちゃん。どう？　どう？」

パラソル渡すついでのようで、実際はご感想を積極的に求めてくるウミ姉がいつの間にか傍にきていた。

「…………」

「ちょっとー、ノーコメントは寂しすぎるぞー」

ぶーぶー文句をたれてるけど、今のボクにどうしろと言うのか。表に出さないだけで『うわぁ、めちゃくちゃ可愛い！　っていうかエロい！　その姿を他の人に見せたくない！ああああ、理性が溶けて蒸発しちゃいそうだよお!!』って告白すればいいのか？　いや、ヤバすぎでしょそんなの。

パラソルを立て終え、ちらっとウミ姉の方へ顔を向ける。

「ん？」

膝を曲げて屈んでいるウミ姉がこちらの反応を窺うように、両掌で顎を支えるようなポーズでじっとこっちを見つめていた。

ノーリアクションでいたらずっとそうしてそうだ。

もう諦めるしかないよこんなの。

「……すごい似合ってマス」

適当な言葉を考えながら声を出したせいか、最後の方が変なイントネーションになってしまった。自分のやらかしに恥ずかしくなる。

「ありがとッ。でもぉ、それだけ？」

ミスった人に追い打ちをかけてくるウミ姉は悪い人である。

イラッときたボクは遠慮なく、陽兄を参考にしたデリカシーゼロの反撃を試みた。

「その格好なら近くにいる雄共の視線は釘づけ、うずくまり待ったなしだね。破局するカップル続出！　今夜のオカズは決定！　ウミ姉の大サービスでどれだけの（ピーーーー）が満足するかな⁉」

「えええええ⁉　私の可愛いナッちゃんが陽くんみたいなこと言い出したぁ⁈」

「今夜耐えられなくなったらごめんね。先に謝っとく」

「〜〜〜〜〜ッッ！　ナッちゃんのあほぉ‼」

浜辺の煽り合戦は、先に仕掛けてきたウミ姉の大逃走で幕を閉じた。

まあ、一緒に遊ぶから数分ぐらいで戻ってくるんだけども。

「……さっきはやりすぎました、許してください」

「ボクも、ごめん……」

いかなる戦いも両者の合意によって終わるものである。

「さっ、拠点も作れたし早く行こっか」

「うん！　……あれ、ゴローくんは？」

「ウミ姉が戻ってくる前に先に泳ぎに行ったよ。ほら、あそこだ」

指で示した沖の方で、気持ちよさそうに泳ぐゴローを発見。向こうもコッチに気づいたのか、立ち上がって大きく手を振ってきた。この海水浴場は遠浅で、沖にあるテトラポッドに近い程足が底に届くようになるのだ。

ゴローに手を振り返しながらテキパキと準備体操だけして、準備万端。

いざ行かん大海原へ！

「あ、でも念のため浮き輪を持ってこうかな」

「それなら私が装備してこうかな。で、ナッちゃんが引っ張ると」

「なんて楽そうな道を選ぶんだ……別にいいけど」

ウミ姉は別に泳げないわけじゃなく、むしろその辺の人より泳げるはずだ。ボクの方が泳ぐのは上手いが、それは遊びに長けた陽兄に付き合わされた副産物である。

素潜りとか絶対勝てなかったもんなぁ……。

「よいしょっと。じゃあしゅっぱーつ!!」

シャツを脱いだウミ姉は、完全な泳ぎスタイルになる。

「しゅっぱ――ちょっと待って。ウミ姉、悪いんだけど何も訊かずに浮き輪を一回取って、海に入ってから付け直して」

「なじぇ?」

「訊かずにって言ったでしょ! ほら早く」

しぶしぶとはいえ、ウミ姉は浮き輪を外してくれた。

まったく油断も隙もない。そのままだと浮き輪の上でぽよんぽよん弾む凶器を、良からぬ輩にさらすとこだったよ。

ただでさえ男の目を引きやすいっていうのに……余計なナンパ野郎やチャラいのが来る前に急いで海に入ろうそうしよう。

「わあっ、きっもちいーー」

海に入った途端、ウミ姉が歓声をあげる。その感想には完全に同意だ。暑い夏の日に入る海は最高だねっ!

「それじゃあ引っ張るよ」

「よっろしく～」

ウミ姉が改めて浮き輪に身体をおさめるのを確認してから、片手をズボッと穴にとおして引っかけてっと。

ちょっと泳ぎづらいが難しいわけではない。その状態のままスイスイとボクはゴローが待っている方へと泳ぎだした。

「バタ足バタ足」

スピードを上げるためにウミ姉が足をしなやかに上下させると、その分移動速度が増していく。ボクら以外の泳いでる人とぶつからないよう、たまに右へ左へ迂回しつつも前進あるのみ。少々の波がきたってお構いなしだ。

「ナッちゃん泳ぐの速くなってるんじゃない？」

「これでも成長してるからね」

「ふーん、まあ確かに前より大きく硬くなってるわね」

「そう？」

「前はもっと小さくてプニプニだったじゃない。それがまあご立派なモノになってくものねぇ」

「……腕の話だよね？」

「それ以外に何を触ってるっていうのよ。……………ちょっとナッちゃん、また変なこと想像してないでしょうね？」

「し、してないしてない」

柔らかい素肌が触れ合う感触が——なんて考えてないです、はい。

「どうかなぁ、男の子は年がら年中エロいことが頭から離れない生き物だし」

「それも陽兄の受け売りでしょ。まったくもう……」

あの人こそ、正にそういう生き物だったなぁ。

海中からこっそり背後にまわって、ウミ姉の——どことは言わないけど——鷲掴みにしてたっけ。その後すぐ報復にあって海パンを砂浜の方へ投げ捨てられて……ボクに取ってきて欲しいって情けなく頼み込んできて。

「どうかした？」

「ううん、なんでもないよ」

思い出し笑いを隠すように、ボクは泳ぐペースを上げた。

「おーい、こっちだこっち。見ろよナツ！　テトラポッドの近くは足が着くんだぜ。不思議だよなぁ！」

「遠浅っていうんだよ。だから陸とココの中間ぐらいが深くなってる」

「へぇー、安全だけどテトラポッドで波が低いのは残念かもな。ボード使って遊んだりできないだろ」

「ボードで遊びたいのなら、そういうのに適してる海岸に行けばいいのよゴローくん。そこが気になるってことはサーフィンができるの？」

「いえいえ、単に興味があるっていうか。やれるならやってみたいだけっすよ。ナツだってそうだろ？」

「いや……ボクはサーフィンとかはちょっと」

「なんだちゃんと出来るかわからなくて怖いのか？　やってみないとわからなくね？」

ゴローの言葉にウミ姉がケラケラ笑う。

それは馬鹿にしてるとかではなく、面白がってる表情だった。

「違うの、ゴローくん。ナッちゃんは別にサーフィンが怖いとかじゃなくて、ちょーーーっと苦手なだけで」

「苦手とも違うよ！　陽兄のせいであんまりいいイメージがないだけ！」

「なんでそこで陽さん？」

「一時期ハマってた陽くんに付き合わされた可哀相な弟くんがいてね……。また男は根性とか言い出して、無駄に高い波に挑戦させたりしてたもんよ」

「そうそう。同じく付き合って波に呑まれたあげく、水着が脱げたマヌケなお姉さんもいたよね」

「脱げてないし⁉　ギリギリセーフだったでしょうが！」

「おい！　その話詳しく‼」

「ダメダメ、この話はコレでおしまい。それ以上続けるなら……こうよ‼」

「わぁ⁉」

バッシャア！　と大きな水しぶきがボクとゴローの顔に直撃する。

「塩辛っ！　くっそお、反撃するぞナツ隊員！」

「おお！」

「わわっ、二人がかりは卑怯よ！」

きゃあきゃあギャアギャア騒ぎながら海水をかけあうボクらは、いつかの子供の頃に戻ったかのようにはしゃいだ。

その後も。

好きなだけ泳いで。

疲れたら休んで、海の家でご飯を食べて。

日が暮れかけて、遅れて到着した円さんが呆れ顔で合流するまでそんな楽しい時間を過ごした。

日頃のモヤモヤを吹き飛ばすように。

あとは宿に戻って、明日に備えてゆっくりするだけ。


「そう思ってたんだけどなぁ……」

目の前に広がるソレを見て、呆れた声が出てしまう。

「何を突っ立ってるんだナツ、あんたも早く座れ。夜のお楽しみはこれからだぞ」

豪勢な料理——という名の酒のお供を口にしながら、円さんがずらっと並んだお酒から
チョイスした缶を豪快に煽った。

「プッハァーーーーッ美味い!! 海華ちゃんも飲んでるか⁉」

「たっぷり頂いてまふよーーー!!」

「ねえゴロー。ボク達は一体どうしたらいいのかな？」

「シッ、静かに。うかつに喋ったら巻き込まれるぞ。今は雰囲気に乗っかってるフリをするんだ」

……そんなんでどうにかなるの？

そう思いはしたが、静かにと言われた手前なので口をつぐみ、テーブルの隅で気配を殺

すように縮こまって料理を食べる。

　ボクとゴローの反対側では、大人の女性による宴が続いているんだけど、これがもうなんていうか……ヒドイ！

「円さんってあんなに飲むんだね、初めて知ったよ」

「そりゃまあ普段お前の前で酒を飲む機会なんてないしな。それに悪い目で見られたくないから、いつも猫被ってるし」

　ちろりと視線を向けた先では、顔を赤くしつつも一向に飲む勢いが衰えない円さんが次の一本に手を伸ばしていた。

「それにしたって今日の飲みっぷりは激しいな。今まで溜まってたストレスが旅行で溢れ出してんのかね？　飲み仲間もいるし」

　その飲み仲間＝ウミ姉はというと。

「あはははは♪　お酒美味しーーー♪」

　すんごいご機嫌。

　先日に酔い潰れて醜態をさらしたというのに、そのみっともない姿はあの人の脳内からは消えているのだろう。

　あー、あー。今は浴衣を着ているっていうのに乱しちゃってまあ……。

「おお⁈ いま眩しい太腿がちらっとッ⁉」

「円さーん、ココにいる弟くんがお酌をしたいそうですよー」

「おまッ⁉」

「いい心がけだなクソ弟のくせに。よし、好きなだけ注がせてやろう」

「ああああああああ⁉」

ずるずると引きずられていく友を手を振りながら見送ってやる。人んちの姉にえろい目を向けた報いだ、ザマァミロ。

「何をしている、あんたもだよ」

「え？」

ゴローを引きずってたはずの円さんが、いつの間にかボクの首根っこを掴んでいた。

「いやいや、ボクはお酌に不向きといいますか――あんまり上手じゃないんで遠慮したいなーなんて」

「なあに気にするな、アタシが注ぎ童貞のあんたをいっぱしの男にしてやるよ」

「言い方がひどい！」

セクハラで訴えたら勝てそうなレベル！

「あーーーー、円さんダメでふよ～。ウチのナッちゃんを誘惑するのは禁止です～～」

「そういう海華ちゃんは一度自分の恰好を省みた方がいいぞ」

「え～？　恰好～？」

　円さんのツッコミに、下を向いてじーっと自身の姿を確認するウミ姉。帯が緩んであっちこっちがはだけている浴衣姿は、無防備な格好を見慣れているボクからしても扇情的に映る程だ。

「あー……帯が解けちゃってまふね。直さないと……よいしょっと」

「すとーーーーっぷ!!　ウミ姉ココはウチじゃないから、人前でいきなり脱ぎだすのはアウトだから!!」

「え？　ナッちゃんが直してくれるの。じゃあよろしく」

「そういう意図で止めたんじゃないから!?　うわっ!?　ちょっとそのままコッチに来ちゃダメだってば!!」

「ゴロー、コレはお前が見たらダメなヤツだ」

「ぐあああぁ!?　手で目を隠すとかあるはずなのに、なんでわざわざエビ固めを!?」

「あっ、とぉ～。ナイスキャッチー」

「今倒れこんできたのは完全にワザとだよね!?」

「うふふ、ナッちゃんが怒ってるくせにうれしそー。ウケる～」

はらりと前が開いた浴衣姿で倒れ込んできたウミ姉に押し倒されながら、ボクは今日一番の大声を上げた。

「ああもうこの酔っ払いめ！」

◇◇◇

こんなにうるさくしても苦情や注意は来ず、部屋の防音はよほど優れてるようだ。松おばあちゃんの配慮に感謝だ。

結果的に散々騒いだ末路は、ウミ姉が酔いつぶれて「またか」とボクが介抱する流れかと思っていたら、

「はぁー、お布団ふかふか～。気持ちいい～」

その予想は外れた。

酒に呑まれて「気持ち悪い」だの「吐きそう」だの口走ることなく、適度に気持ちよく酔っぱらう程度で済んだようだ。

今は敷いたばかりのお布団にダイブして、そのふかふか具合を全身で堪能している。ゴロゴロ転がってすらいる。アレは悪酔いしてたら絶対に出来ない芸当だ。

おかしい……あんなに飲んでたのに。

「ウミ姉気持ち悪くないの？」

「えー、別になんともないけどー」

念のため訊いても、普通の返事だった。

ますます違和感が大きくなっていく。この前と今の差は一体……と考えてしまうけど、

「もしかしてー……私が酔い潰れて酷いことになるんじゃとか考えてた？　あのねぇ、私がいつもそうなるなんて見当違いもいいとこよぉ」

「え、でもこの前は――」

「この前はこの前ッ。この旅行中にあんな風になってたまるもんですか。それぐらい、私もちゃんとわきまえてますー」

少しプリプリしてるウミ姉の発言で、大いに納得できた。

そっか、この旅行中は楽しく過ごすために気遣ってくれてたんだ。自分だけが楽しまないように、他の人――主にボクに迷惑をかけないようにって。

「なんか、ウミ姉を久々に見直したよ」

「……それ、ものすごく失礼なんだけど」

「いやあ、だってさっきのはしゃぎっぷりも演技だったって事でしょ？」

どういう理屈かは知らないけど。

「…………」

「演技だよね？」

「さーてと、ナッちゃんはどっちの布団がいい？　今なら好きな方を選べるよ」

「ボクがウミ姉が寝てるその布団が良いって言ったらどうするの？」

「えッッ」

あ、この顔はその答えを想定してなかったヤツだ。

「普通に譲る……よね？」

「そんな風に訊かれてもなぁ」

「もー、ナッちゃんはもう少し可愛げのある返しをすると思ったのに」

「可愛げって……たとえばどんなのさ？」

「『ウミ姉がゴロゴロした布団を選んだらボクが変態になるじゃんか！』」

うわ、確かに言いそう。

可愛げがあるかはともかく、なんともこちらの思考をトレースしている。

あくまで、ウミ姉から見た去年までのボクだけど。

「それを聞いた陽兄が『おいナツ！　好きな方を選んでいいつってんだからそうしろよ！

今なら海華を嗅ぎ放題だぞ！』って言い出すんだよね。わかるわかる」

「うわっ、それ陽くんがめっちゃ言いそうだわ。ナッちゃんがそんなことするわけないし、その言い方だと私自身をくんくんするみたいに聞こえるのにね」

あははーと朗らかに笑いながらも、ウミ姉が目を泳がせながらボクから少しだけ距離を取り始める。

地味に傷つくけど、そうされるのが普通なことをしでかしてる自覚はあるので文句も言い辛い。

そうだよなぁ。義姉弟じゃない関係でいたいなんて思ってる弟分と一緒の部屋で寝るなんて難しいよなぁ。

「やっぱり、ゴロー達の部屋に行くよ」

「え⁉　いやいや、なんでそうなるの？」

「ボクと二人じゃ気が休まらないでしょ？　だから未成年組を一緒の部屋にして、円さんにコッチに来てもらえばいいんじゃないかな」

ゴローとボク。円さんとウミ姉。

この部屋割りなら、ペア同士で気兼ねなく過ごせる。なんだったらウミ姉達は酒盛りを再開してもいいしね。どんちゃん騒ぎをしたところで別部屋にいるボクらに迷惑がかかる

 こともないし。

「待った待った！　勝手に話を進めないでよ。私はどうしてそうなるのかって聞いてるの！」

「だから、一緒にいると――」

「それは誤解よ。私がナッちゃんと一緒にいるのが嫌なわけないじゃない」

「ほんとに？　ウミ姉が寝こけた隙に悪戯するかもよ？」

「……そっ!?　それは……困っちゃうけど」

困るならもじもじしないで！

ほんとにやっちゃいそうだから！

「で、でもほら。ナッちゃんが私に悪戯する理由がないし？　それに万が一やろうとしてもすぐに気付いて返り討ちにするわよ」

「ウミ姉ならほんとにやりそうで怖いなぁ」

その気になれば陽兄を負かしてたぐらいだもの。

いざという時、女は強しだ。

「じゃあ、こうしよう。この変にくっつけてある布団を離してさ、間に衝立を置けば……ほら、もう気にならないでしょ」

「却下します」

「なんで⁉」

自分的に割といい案だったんですけど！

「なんで家族と寝るのに衝立なんかで遮る必要があるのよ。そんな寂しい距離感のあるウチになった覚えはありません」

「いや別にそこまでの話ってわけじゃ」

「別にも何もなし、とにかくダメダメ。ナッちゃんが夜更かししないよう見張る必要もあるし」

衝立があっても見張ることは可能では？

そんな疑問をぶつけようとしたのが伝わったのか、一睨みで黙らされてしまった。

「ナッちゃん、忘れてるわよ。私達は毎年ココでどうしていたのかを」

「……どゆこと？」

「あー！　やっぱり忘れてるッ。私と陽くんとナッちゃん。三人でココにお泊りする時、定番のお約束があったでしょ。いつもと同じように過ごすって決めてきたんだから、それをやらずにはいられないでしょうが」

定番のお約束。

その言葉を切っ掛けにピンときた。そういえば毎年陽兄がそんな戯言を口にしていた。いつも冗談だと受け取ってたアレだ。

「わかったら動いた動いた。あ、どうせならもう一枚お布団もらってこよっ」

テキパキ準備を進めるウミ姉を見て、あの戯言は本気なのかと今更ながらに自覚するボクがいる。

わずか数分後。

敷かれた二つの布団の距離が離れるどころか、三つに増えた上にわずかな隙間さえなくキッチリ並べられていた。

「ふーっ、これでよし」

腕で額を拭うウミ姉は満足気だけど、ボクとしてはちょっとどうしたらいいのかわからない。

もしココに陽兄がいるなら『よっしゃあ、オレが真ん中で両手に花だぁ！』とかヤケに嬉しそうに占領し始めるんだろうけど。

「ナッちゃんはそっちね。で、私はコッチ」

ウミ姉が指差したのは、左と右の布団。

ああ、なるほど。真ん中が空くことになるからコレで自然と距離ができる。相手の姿は見えるけど、実質間隔があくようなものだ。

「そんで、陽くんはココね」

真ん中の布団の枕元にウミ姉が何かを置く。

それはダレたクマの形をしているもので、以前三人で分け合った繋がるキーホルダーのひとつだった。

「……持ってきてたんだ」

「いつも持ってるのよ。お守りみたいなものね」

ウミ姉は寂しげに微笑みながら、自身の分であるウサギのキーホルダーをクマに連結させた。

不思議とそれだけで、クマとウサギが仲の良い恋人同士に見えてくる。

思わず、手の届く位置にサイフと一緒に置いていた家の鍵――に付いているカンガルーのキーホルダーを握りしめてしまった。

「どうせならナッちゃんのも繋げましょうよ」

「でも……」

「なーにを余計なことを気にしてるのよ。ほらほら早く」

全部お見通しだと言わんばかりの口調でボクの背が押される。

二人の間に割って入るみたいだとか、そうだとしても繋がりたいとか、そういう気持ちが混ざりあっていたのもバレバレみたいでばつが悪い。

けれどボクは、鍵からカンガルーのキーホルダーを取り外して、既に繋がっているクマとウサギにくっつけた。

さっきまで恋人に見えた二匹にもう一匹が加わって、今度は家族のように思えてくる。

「代わりってわけじゃないけど……なんかイイわね」

「……うん」

「ふあぁあ〜、今日はたっくさん遊んだから疲れちゃったかしら。もうこのまま寝ちゃいそう」

「電気消そうか？」

「それだと起きてるナッちゃんが困るでしょ」

「大丈夫だよ、ボクもすぐ寝るから」

「そう？　それじゃあお布団に入っちゃおっか」

ウミ姉が布団にもぐりこみ、リモコンで冷房を調節しはじめる。その間にボクは、最低限の着替えを済ませようとしたが、

「ていっ」

「……ねえ、寝るんじゃなかったの？　なんでわざわざ背中をつつきに来てるのさ」

背中の特定箇所――日に焼けた部分がツンツンされてちょっとヒリつく。さっきお風呂に入った時はこの程度じゃ済まなかったので、それに比べたら効きはしないけども。

「んー、泳いでる時も思ったけどふにゃふにゃしてるように見えて意外と筋肉ついてるっぽいね」

「ウミ姉とは違うって」

「んん～？　それはどーいう意味かなぁ？　まさかお姉ちゃんの身体がダルンダルンのポヨンポヨンだと？」

「言ってない言ってない！　そんなの考えてもいなかったよだから絡んでくるのは止してってば！　このままだとまた意識しちゃうから!!」

「うっ……その、ごめん。調子乗りました……はい」

謂れの無いウザ絡みをしてきたかと思えば、急にしゅんと大人しくなる。

ちょっと耳が赤いので、きっと昼間の今夜のオカズはうんぬんでも思い出したんだろう。

……しまった、今の今まで意識の外に追いやってたのにボクも思い出しちゃったよ。

水着もとても良かったけど、浴衣姿のウミ姉も中々扇情的――ああ、ダメダメ！　去れよ妄想、鎮まれ煩悩。

「着替え終わったし、そろそろ寝るよ」

「……そうね、寝ましょうか」

不自然なくらいの笑顔で笑いあいながら床についたボクらは、大分おかしかっただろうか。でも、あのままだと変な雰囲気になりそうだったし、ここは強引にでも眠ってやり過ごすべきだ。

あのやらかした日みたいに、また何かあったら大変だもの。

「おやすみ、ウミ姉」

「おやすみ～」

空調がイイ感じに効いている蒸し暑さとは無縁の部屋に、暗闇と静寂が訪れる。

あとは目を閉じればほら、すぐにでも心地よい眠りの世界に心身ともに旅立って――。

――

――――――行けなかった。

やばい！　全然眠くならない?!

内心焦りまくりながら布団の中で身悶える。

すべてはこの状況だ。

ボクとウミ姉は確かに同じ家で暮らしてはいるが、寝るところは別々で同じ部屋で寝る機会なんて、台所のお友達が部屋に潜(ひそ)んでいると気付いてしまった時にウミ姉が逃げて来るとかでない限り無いといっていい。

けれど今はどうだ。

布団ひとつ分しか離れていないところに好きな人がいる！　身体のシルエットを強調してしまう浴衣姿で！　少し耳をすませば寝息(ねいき)も聞こえてきそう！　やばいよ、すっごいドキドキしてきた！

鎮まれ！　ボクの男心！

こういう時の対処法はなんだっけ。素数を数える？　脳内で難しい計算をすればいい？　般若心経(はんにゃしんぎょう)を唱えるとか⁉　全部無理だよそんなの‼

「ん……。ナッちゃんどうかしたの？」

一人勝手にじったんばったんしていたら、布団の向こうから声をかけられてしまった。頭までかぶっていた布団からそーっと顔を出してみると、横向きにこっちを見ているウミ姉と目が合ってしまう。

「その……えっと」

「眠れないの？」

きた。

「でも、どうして――あっ。ご、ごめん、そうだよね！　うわぁ、また余計なことしちゃったよぉ」

「え？　え？　何の話？」

「そう考えると衝立もおかしくなかったのね。陽くんが言ってたのになぁ、『男が夜中に布団でごそごそしてたら見なかったことにしてやれ』って」

「だから何の話⁉」

明らかに聞き捨てならない単語が交ざっているため、勢いよく布団から起き上がらざるを得ないよ！

「ひ、昼間に言ってたじゃない。ここ今夜は私の、だだ、大サービスでフィーバーナイトなんだよね⁉　ほんとごめんね！　もう邪魔もしなければ止めもしないし、この記憶はお墓まで持ってくからね⁈」

「お願いだからやめてぇ⁉」

そんな記憶を墓まで持ってかないで！　しかもねつ造だしそれ‼


「う、うん、そうなんだ」

嘘じゃないけど大分誤魔化しの入った返事に「そっかぁ」とぽやぽやした言葉が返って

「あ、あれ？　もしかして違った？」

「もしかしてどころか完全に違うから！　ウミ姉で、そんなオ――なんてしないよ」

少なくとも真横で寝てるのに致す度胸はない。

これは本当だ。

「でも、えっちなことはしたいんだよね……？」

「そ、それは……言葉のあやっていうか」

なんて、この場でどう取り繕おうが白々しく聞こえるに違いない。

ボクらの関係がギクシャクしだした切っ掛けの夜、抱きしめてしまったのは事実だ。それに、そ……そういう気持ちがあるのも嘘じゃない。

ああ、せっかくサービスエリアで向き合ってからは元に戻りかけてたのになぁ。まさかあの時の衝動がココまで尾を引くなんて思ってもみなかった。

「……ねえ、ナッちゃん。これでも私は、ナッちゃんが何を考えてるかわかってるつもり。きっとそういう事は良くないって思ってるんでしょ」

「…………違うの？」

「うーんとね。上手く説明できるかわからないけど、少なくとも私は悪いとは思わないわ。好きな人とそういうことをしたいって気持ちは自然なことでしょ」

ウミ姉からいつもよりずっと大人びた雰囲気が出てきた。それはボクがあまり見たことがないもので、きっと陽兄はよく知っていたものだ。

「触れたいとか、抱きしめたいとか。他にはつまり、えっちな——ああーもう！　言い方が思いつかないわ！　つまりね、ぶっちゃけると×××したいっていうのも延長線上にあるだけで求めてるものは同じっていうか！」

「ぶっちゃけすぎだからもっとオブラートに包んで⁈　身体を重ねるとかあるでしょ！」

好きな人の口から×××なんて単語が飛び出すのは衝撃的すぎる！

「ともかくね、触れあいたいって思うのは変じゃないの。身体なのか心なのか、どの程度なのかっていうのはその時次第だけど」

そう言いながら布団から起き上がったウミ姉は、真ん中の布団の枕元にあったキーホルダーを両手にのせた。

キーホルダーを愛おしそうに眺めながら、その内の一体をつまんでこっちに見せてくる。

ほのかな明かりしか点いていない部屋でももっとよく見えるように、ボクは布団から出てウミ姉と向き合うように座った。

「クマは陽くんで、カンガルーはナッちゃんだけど、どうして私がウサギなのか、わかる？」

「……そのウサギが女の子向けキャラだからだよね」

「半分正解。残りの半分はね、私自身にウサギっぽいところがあるからよ」

この人にウサギっぽいところ？

一体どこの話だろうか。耳……なわけないし、尻尾……もあるわけない。ニンジンが大好き――いやむしろ料理によっては残してた気がする。

「こーらっ。そんなまじまじと舐めまわすように見ないのッ」

「わっ、両手で目を隠さないでよッ」

軽く押さえつけているだけなので痛いわけじゃないけど、視界が塞がれて目の前が暗くなる。

おそらく悪戯っぽい笑みを浮かべているであろうウミ姉が、その手を下へ滑らせて、今度はボクの両頬を包み込んだ。柔らかい手にムニムニされながらまぶたを上げる。

さっきよりも近くに、愛しい人の慈しむような表情があった。

「私はね、けっこう寂しがり屋みたい。人肌恋しいことなんてしょっちゅうで、その度に陽くんに助けられてた。陽くんがいなくなってからは、ナッちゃんに甘えてるの」

「そんなこと……助けられてるのも、甘えてるのもボクの方だよ」

「そんなことあるの。私は傍に誰かがいてくれないとダメなんだよ。ね？　ウサギみたいでしょ」

どこまで本当かはわからない。けれど、ウサギは寂しいと死んじゃうみたいな話は聞いたことがあった。

「ナッちゃんの前だとお姉さんでいられるけど、本来の私は同年代と比べて、すっごいへっぽこでよわよわなの。でも、そんな私でも守りたいものがある」

「守りたいものって、なに――」

その質問に対して、最初に返ってきたのは一際(ひときわ)儚(はかな)げな微笑みだった。

――どうしてそんな顔をするの。

そう訊こうとする前に、優しくボクの身体が抱きしめられた。

まるで今の顔を見られまいとするように、背中に回された両腕で引き寄せられる。胸の柔らかさどころか、その温かなぬくもりと鼓動まで伝わる程に、ギュッと強く。

「ナッちゃんが一人前になるまで――一人でも大丈夫になるまで見守ること。それが、私が陽くんと最後に交(か)わした約束なの」

ウミ姉がボクの知らないことを喋っている。

というか……えっと？　どうしてウミ姉と陽兄はそんな約束をしたの？

陽兄は不幸な事故で命を落として……最期(さいご)を看取(みと)ることなんてできなかったはずなのに。

「いつ……？　いつ、そんな約束をしたの？　ずっと二人と一緒に過ごしてたのに、そんな約束があったなんて知らないよ」

「そりゃあそうよ。約束したのは陽くんが私に告白してきた時だし、コレに関しては黙っててくれってお願いされてたもの」

重要な出来事をあっけらかんと言われてしまった。

「もーさ、『絶対にいうなよ絶対だぞ!?』って何回も何回も恥ずかしげに繰り返してたんだから。ナッちゃんにあの陽くんを見せたいって誘惑に何度負けそうになったことか」

ボクが知らなかったのだから、ウミ姉はこれまでずっと秘密にしていたのだ。

けど、それよりも強く気になることがある。

「陽兄は……その約束の時にさ」

小さい頃に両親がいなくなってから、陽兄はボクにとって兄弟ってだけじゃなく、育ての親であり、誰よりも頼れる人だった。

それが、どれだけ陽兄の負担になっていたことだろう。

いつも陽気に笑っていて、ふざけたり、おちゃらけていたり、「めんどくせぇ」ってよく口にしていた陽兄。

あの人はボクのために、どれだけのものを諦めたのか。ずっとそれが気がかりだった。

いつか陽兄離れをしたら、陽兄が自分を犠牲(ぎせい)にしてまでボクにくれた物を返すつもりでいたんだ。でも、それは唐突に不可能になった。

だから確かめられない。

こうやってウミ姉を通じて知ることしかできない。

「――めんどくさそうな顔をしてた？」

ボクのことを本当はどう想っていたのか。もうこの問いに対する答えから察するしかないんだ。

ネガティブな質問に、密着しているウミ姉は無言のままだった。

それは陽兄がボクを疎ましく思っていたことの証明に――。

「……めんどくさそうな口調ではあったけど、すごい安心してたよ。顔は……そうねぇ、むかつくぐらい笑ってたかな」

ああ、この瞬間に証明された。

やっぱり陽兄は、ボクが感じていたとおりの人だった。

普段は不真面目そうなくせに、何もできない弟を放っておけない。

好きな人に告白って時に、弟を見守って欲しいなんて無茶なお願いをするような――どうしようもない兄さん。

ボクがいない時ぐらい、自分のことを最優先にすればいいのに。内緒で愚痴ったり、表情が陰ったりしてもおかしくないのに。

陽兄は誰よりもボクを一番に考えてくれていたんだ。

それが改めてハッキリした。

だからボクは、ウミ姉が陽兄と付き合うようになっても文句のひとつも無かったんだよ。

ボクの方がウミ姉が好きだ！　なんて言えなかったよ。

陽兄だったらウミ姉と恋人になって、結婚してもいいって思えたんだ。

だから、今まではこの気持ちを隠してたのに……。

「陽兄……なんで……なんで死んじゃったんだよぅ」

「ほんとにね。なんでなんだろうね……ぇ」

三つ並んだ布団の真ん中。

本当なら陽兄がいるはずの場所で、ボクは無性に悲しくなって、声をあげて泣いた。

ウミ姉もきっと泣いてたと思う。

でも、ボクの方がずっと涙を流していたに違いない。

ウミ姉が頭を撫でてくれたり、背中をポンポンと叩いて慰めてくるものだから、ますます泣けてきてしまったんだ。

◇◇◇

ボクらはしばらくそのままの状態でいたけど、そのうち少しはスッキリしたのか涙も枯れ始め、落ち着いてきた。

「ウミ姉……その、もう大丈夫だよ。だから離れて――」

「まだ離さないわよ」

やけに頑固そうな声色で言われてしまったけど、平常心が戻ってくるとこの体勢は中々気恥ずかしいものがあるんだよね……。

それならいっそ、思いっきり甘えてしまおうか。そんな邪な考えが生まれ始めてきた頃。

「私が言いたい事はまだあるもの。むしろコッチが本番よ」

「え？」

予想外の発言にボクは身体を離して、ウミ姉と再び顔をつきあわせた。

「さっきも言ったとおり、私はナッちゃんが一人前になるまで見守るわ。それは絶対よ」

「う、うん。それはわかったけど」

「でも、それはそれとして。私がナッちゃんの気持ちに応えられるかって話とは別よ」

「えッ」

ほんとに間の抜けた声が出た。

内心、さっきまでの話の流れからいって陽兄との約束もあるからボクと一緒にいてくれる。コレはより踏み込んだ関係になれるんじゃないかと期待していたから。

「私のどこがそんなに気に入ってもらえたのかは正直掴みきれないけど、ナッちゃんの気持ちは嬉しいわ」

でもね、と少しだけ嫌な間が空いた。

「今まで本当の弟のように想っていたナッちゃんと、陽くんとのような関係になるっていうのは……簡単には受け入れられない」

ウミ姉が言葉を続ける度に、体が冷えていくようだった。

季節は暑過ぎる程の夏なのに。冷房が効きすぎているとかそういう問題じゃない。

心が、急速にぬくもりを失っていく。

「ごめんなさい。私は、ナッちゃんの気持ちに応えられない。だから、とってもワガママなお願いだけど、これまでどおりの私とナッちゃんでいさせてください」

真剣な表情をしたウミ姉が、深々と頭を下げる。

これ以上ないくらい丁寧な謝り方だ。

おふざけは一切なし。

つまり、それだけ本気ってことなわけで。

「…………うん、わかったよ」

そんなものを見せられてしまったら、ボクにはもう、抜け殻のように頷くことしかできなかった。

我がままに 何をするのか

永久に押し寄せる波のように、ウミ姉の言葉が頭の中で繰り返される。

『きっとね、私はまだ陽くんのことが好きなんだ』

亡くなった陽兄を、あの人がボクの大事な兄を好きだと言ってくれて嬉しかった。そして、それと同じくらい悲しくもなった。

『アレから約一年経った。バカにできないくらい長い時間だよね。大人の私にとってそうなんだから、まだ学生のナッちゃんにとってはもっとだと思う』

重ねた年月が少ない程、体感時間は長くなるらしいねと彼女は口にした。

実際、ボクとウミ姉では感じる時間は異なるのだろう。

『ひどいお願いをしてる自覚はあるの。けれど、陽くんとの約束は何があっても必ず守りたいから。……今夜の——今回の出来事で私の方が何か変わるってことはないから、それだけは信じて欲しい』

彼女の心はボクのせいで不安定になっていた。

だから一時期は他人行儀だったりアワアワしてたけど、気持ちを整理し終わった今となってはもうそんな事は起こさないという決意がある。

そういうところだけ見れば、最悪の事態は避けられたといっていいよね。本当にダメダメなのは、ボクが秘密にしてた気持ちを知ったことでウミ姉との生活が無くなることだったのだから。

変に拗れて仲の良い幼馴染ですらいられなくなるなんて辛すぎる。そういう事情もあったからこの気持ちをひた隠しにしてたんだ。

だから、良かったじゃないか。

少なくとも一番良くない展開はもうないんだ。

「…………はぁ～～～～」

とはいえ、こうして重い溜息は出てしまうわけで。

せっかくの楽しい旅行の二日目。

ボクらは再び朝から海へと繰り出しているのだけど、うまく眠れなかったせいかな……一人で気だるくパラソルの下で座ってる真っ最中である。

海に視線を向けると、泳いで競争しているウミ姉とゴローが見えた。ゴローは男として負けられないと頑張ってるようだけど、肉体的には負けてても決定的に泳ぎの経験値が上のウミ姉には一歩及ばないようだ。

ゴールに設定した海上の浮島——大きな白い四角形——に先に登ったのはウミ姉の方だった。

遅れて到着してマジでくやしそうにしているゴローを引っ張り上げると、ウミ姉がこっちに向かって「勝ったどーーー」と大きく手を振ってくる。

無視なんて出来るはずもなく、ボクはその勝利宣言に笑って手を振りかえした。ぎこちない笑みだったとしても、この距離じゃ判別できやしないだろう。

それはそれとしてゴローのヤツ……。さっきからウミ姉の水着姿を隙あらば拝んでるのは許さん。同じ男として理解はできるけど、義弟としては許容できないぞ。

「海にまできて体育座りとは学生ならではの職業病か？」

「うわぁ⁉」

背中からのヒヤッとした触感に反射的に仰け反ると、クールな円さんの手にあった缶ジュースが見えた。

「満点の反応だな。将来リアクション芸人になれるぞ」

「もう！　子供じみた悪戯は止めてくださいよ。それから芸人になる予定はないし職業病でもないので！」

にんまり笑いながらボクに缶ジュースを手渡すと、円さんはボクの横に座った。

……円さんの水着姿を見たのはコレが初めてだけど、思ってたよりも大分スレンダーな身体つきだ。水着は割と過激――というよりかはアダルトで大人っぽい色合いの黒ビキニで、ウミ姉とはまた違う方向性で目立ちそう。

絶対的な違いとして円さん本人は中々に怖そうな雰囲気があるので、ナンパを企む輩は近づきがたいみたいだけどね。

「円さんは泳いでこないんですか？」

「今は浜辺でゆっくりしたい気分なんでね、泳ぐとしても後でいいさ。ナツこそ行かなくていいのか？　ウチのアホ弟じゃあんたんとこのお姉さんの相手はしきれんだろ」

「そうですかね？　割と楽しんでるんで大丈夫だと思いますけど」

「…………まあいいさ。それならコッチはコッチで相手をしてもらうかね」

「お酒は飲めませんよ？」

「いい度胸だな。アタシが弟と同じ年のガキにいきなり飲酒を勧めるような女だと言いたいわけか」

「滅相もない!!」

クール美人の円さんに睨まれるとめちゃくちゃ怖い！　うかつに冗談を口にしたら本気

でドヤされそうなので止めた方が良さそうだ。

「そうと決まれば行くか。ついてこい」

「えっ？　どこへ行くつもりですか」

「少し離れたところで美味そうな店を見つけたんだ。ナンパ避けに付き合え」

すごいなぁ円さんは。

ナンパされる前提で話を進める人なんて他に知らないよ。

「ボク風情が盾になるとは思えないんですけど」

「誰が盾になれと言った？　面倒そうなのが寄ってきたら、ナツはこう言うんだよ――」

「ヘイッ、そこのクールなお姉さん！　オレ達と一緒に遊ばない？」
早速というべきか。海辺沿いの砂浜を移動していたらなんともチャラそうな二人組の男が声をかけてきた。
つまり、先程円さんにされた指示を試す時がきてしまったのだ……。
「ま、円ねぇね！　早くお店に行かないと食べたい物が売りきれちゃうよ。早くいこうよお！」

「……というわけだ。私にはこの世で最も溺愛する弟が既にいるんでな、他を当たれ」

冷静にナンパ男達を切り捨てる円さん。その後を追いつつ後ろを振り返ると、ナンパさん達は大分ショックを受けているご様子だ。ボソッと「あんな子供に負けた……」と呟いたのはちょっと許せないが。

それよりも――。

「円さん!? 指示されたとおりにやりましたけど、なんかおかしくないですか!? ボクがあそこまで子供っぽい言い方する必要ありますかね?!」

「いや驚くぐらいハマってたぞ。演技派だな、ナツ」

「嬉しくないんですけど！」

「あんたみたいなガキがアタシのような女の彼氏なんて、嘘くさすぎる。過剰にやるぐらいがちょうどいいんだよ。現に成功しただろう？」

「……それは、そうかもしれないですけど」

「くくっ、それにしても円ねぇねか。なんとも新鮮な呼ばれ方だったたな。海華ちゃんが喜んでるのも少しはわかる」

「ウミ姉をねぇねなんて呼ばないんですが？」

「呼び方以外に、ナツには女心をくすぐるナニカがあるんだろ」

ええ～……そんなつもりは毛頭ないんですけど。なんだろう、無自覚に変な物質でも出てるのか？　そんなバカな。

「見えてきたぞ、あの青いのぼりが出てる店だ」

「へぇー？　あの店で売ってるのは焼きそばとか焼きトウモロコシじゃなくて海の幸なんですね」

のぼりに描かれたイラストは貝や魚だった。

海産物をメインに取り扱うお店なのは一目瞭然である。

「お目当てはソレだ。焼きたてホタテの串焼きとか最高じゃないか」

「……ゴクリ。確かに」

「適当に買ってくるから、ナツはあの辺の堤防の上ででも待ってろ」

「はーい、わかりました」

指で示された場所に先に向かい、二人分のスペースを確保するように堤防上に腰を下ろす。座った場所が陽光で熱されていたので、着ていた上着を脱いで敷くとちょうどいい感じになった。

「待たせたな」

「いえ、ご馳走になります」

串が端からはみ出たプラスチックのパックを受け取りながら少しだけ横にずれる。さっきボクが座っていた場所――上着が敷いてある――にどうぞと促すと、「気がきくじゃないか」と機嫌よさげに返された。

「それじゃ、食べるとするか」

「いただきます！」

パックを開けると、入っていたのはホタテの串焼きだった。大ぶりな身が三つ連なって刺さっており、醤油の香りが漂ってくる。

熱々のソレを大口で丸々頬張った瞬間、焼いたホタテと焦がし醤油の合わせ技が口の中を強襲する。

「美味しい‼」

「ああ、悪くない。後でまた買いに行ってもいいな」

「そんなにたくさん食べるんですか？」

「ばーか、夜のツマミ用だよ」

つまり宴会用ってことですか。

それだとたくさん食べるのに変わりはないでしょうに。

「さってと、飲み物も空けたことだし。そろそろ肴が欲しいところだな」

「焼き魚ですか？」

「そうじゃなくてだな。そろそろ何があったか教えろって話だよ」

うぐっ、とホタテが喉に詰まりかけてむせた。

「な、なんのことですか？　イヤだナァ、てきとーに話を振られてもサッパリですよ」

「……そうか、遂にヤったのか。早めのチェリー卒業おめでとう、これでひとつ大人になったな」

「どんな想像してるんですか⁉　そんなわけないでしょうが‼」

「何を焦っている、逆に怪しいぞ」

「怪しくないです」

「じゃあ、なんで海華ちゃんと距離をとろうとしているんだ。まさか無自覚ってわけでもないだろう？　朝から変によそよそしくしやがってまったく。てっきりアタシは遂に一発ヤったのかと――」

「だから違いますってば！　というか真昼間から女の人がヤッたヤッた口にしちゃダメですよ‼」

ボク自身大してないけど、円さんは一際デリカシーってもんが欠如している！

「あっそ。で、何をうじうじしてんだ？」

「……別に……」

「答えるまで繰り返すぞ？　いいのか？」

「それはちょっと……」

「じゃあ話すんだな？」

「……それもちょっと」

煮え切らなすぎるボクの態度に相当呆れたのか。円さんが盛大に溜息を吐く。

ふとその表情が、柄でもなく真剣味を感じるものへ変わった。

「これでもあんたよりずっと人生経験豊富なんだ。海華ちゃんより年上だし、アホ弟のゴローよりよっぽど相談相手になれる」

「えっ、なんでゴローに相談したって知ってるんです？　まさか盗み聞きとか」

「アホか。そんなもん愚弟の様子から察せられるわ」

要は完全にゴローの格上であると自負してるわけだ。すごい自信だなぁ……実際あらゆる意味で上だろうけど。

「ナツ、今アタシを年増だしーとか考えたな」

「いえ全然⁉」

あっぶなー！　考える寸前だった！

「よし、罰として話せ。つーかめんどくさいからいい加減折れろ。さもなきゃ海華ちゃんへの態度を改めろ。ほれほれ、早くしろ早く」

「そんな強引な、アッツ⁉　串焼きをむりくり口に突っ込もうとしないでぇ⁉」

完全にいじめっこに絡まれてるような図になってるだろうけど、円さんがここまでしてくるのは珍しい。それはつまり、ボクのことをよっぽど気にしてくれてるってわけで……。

そこまで気遣おうとしてくれるのが嬉しい。

——どうせもう色々とバレバレみたいだし。

だったら、円さんのあからさまな理由作りに乗っかってもいいじゃないか。

「……あの、実は——」

押し負けたボクは、円さんに相談することを選択した。

これまで秘密にしていたウミ姉への気持ち。

旅行に行く前、それが突発的にバレたこと。

それで関係がギクシャクしたこと。

移動中になんとかしようとして、どうにかなったと思った。

でも、昨夜にもっとショックな出来事が起こって、表面上すら取り繕えない未熟な自分がいる。

ボクがモヤモヤを吐きだし終わるまで、円さんは買ってきた物を食べたり飲んだりしながら黙って聞いてくれていた。

ひとしきり話し終えて心がちょっとだけスッキリした頃、円さんがどこかから飴を取り出し始める。

「タバコじゃないんですね」

「今はあまいもんが食べたい気分なんだよ。あんたも喰え」

「いただきます」

放り投げられてキャッチした飴はよく見たことがある色と形をしていた。コレ、陽兄が好きだったなぁ。

「この飴って人気なんですかね。陽兄もよく食べてましたよ」

「人気ってか、アイツが知り合いに広めてたんだ」

なるほど、発端が陽兄だったのか。

「なぁ、ナツ。あんたが色々悩みまくった挙句にドジって、なんとかしようとしてコジれて、もしかしたら自分の気持ちが実るかと思いきや盛大にフラれたのはわかったんだが」

「あの、傷口をエグった上に塩を塗り込むレベル以上の言葉を繰り出さないでもらえると……」

ボクの要求を無視して、円さんは続ける。

「結局のところはさ、それでいいのかって話だ。納得できないからウジウジしてんだろ」

「……悪いですか」

「悪くないよ。でも良くもない。あんたの面(ツラ)見てたらわかる」

「だったら……だったらどうするのがいいんですか？　ボクは陽兄みたいにできないし成れもしない。なんでも出来て、ずっと一途(いちず)に好きだったウミ姉の気持ちも射止めた。そんな凄(すご)すぎる陽兄にはもう勝てないんですよ」

相手がいるならいつかは勝てる時もあるかもしれない。

でも、もういない人相手じゃその機会すら失われてしまう。

「いや、それは違うぞ」

「何が違うんですか？　全部事実でしょ」

「だから違うんだっつうに。あのバカが一途とかどんな笑い話だ？」

「笑い話って……。陽兄とウミ姉は幼馴染で、昔っから大の仲良しだったんですよ。その二人が結婚しようってとこまで行ったんですから、笑えるところなんてないでしょう」

何を根拠(こんきょ)に円さんは否定しているのか。さっぱりわからない。

「あー……あんたが何を言いたいのか表情からわかっちまうのは、まあ今は置いておこう。その上でナツにとって大事な大事なアイツのイメージをぶち壊すようで悪いんだが」

「はい？」

「あんたの大好きな陽兄は、ぜんっぜん一途じゃないぞ」

「なんで言い切れるんです？」

「元カノだから」

……いま、円さんがとんでもないことを口走ったような。

「誰が、誰の？」

「アタシが、陽の」

「……………えええええええええ⁉」

「その様子じゃ知らなかったんだな」

「初耳ですけど⁉　そんな関係だったんですか⁉　なぜ教えてくれなかったんです‼」

「訊かれてもないのに教えるも何もないだろ」

「円さんに対して『陽兄の元カノなんです？』なんて訊くわけないでしょうが‼」

円さんがツッコミを無視して二個目の飴を口に放り込む。

「そうだろうな。だが、知らなかったのはバカ陽があんたに伝えてなかったせいだろう」

「そ、そんなこと一言も……え、えぇ？」

「さらに言うなら、アイツの筆下ろしをしたのもアタシだ」

「ちょ」

生々しい話になってきた⁉

「あのバカ野郎ときたら、一回身体を許した途端に調子に乗りやがって、何度同じ布団で朝を迎えたのやら。まあ別にアタシも嫌なわけじゃなかったしな、それなりに相手はしてたが」

「円さんと……陽兄が……」

「おい、妙な妄想はするなよ。オカズにするのもナシだからな」

「無理でしょ⁉　いや違うそうじゃないするわけないでしょうが！」

「おお、動揺してる動揺してる」

わざとらしく、からかい終わって満足ですみたいな顔をされてしまった。一体どこから本気でどこまでが冗談なのか。

「まっ、全部ガチの話だ。あんま気軽に思い返すことじゃないが、陽が一途じゃないって言った理由には十分だろう」

「二人がそういう関係だったなんて……ボクだけが知らなかったんですね」

「ほとんどのヤツは知らないさ。ナツだけじゃない」

「そんな秘密を話して良かったんですか？」

「いいんだよ、ナツはアイツの弟だしな。これまで散々世話焼いといて今更って感じだし」

堤防の縁を手でなぞりながら、円さんは懐かしむように周りを見渡した。その仕草は思い出を振りかえっているかのようだ。

「陽のバカはよくナツの話をしてたよ。うざいぐらいにな」

そう切り出して、円さんはボクの知らない陽兄のことを教えてくれた。

「曲がりなりにも彼女が横にいるのに、何かあれば弟がーウチのナツがーってな。スマホの写真を見せながら自慢話をしてた」

「なんか……スミマセン」

「もっと謝ってくれていいぞ。清々する」

「ボクが言うのもなんですが、よくそんな兄と付き合えましたね。まさか弱みを握られたとかじゃ……」

「むしろ的確に弱点を握ってたのはアタシだったけどな」

にんまり笑う円さん。

その指すところが下の話だと気付くのに少し時間がかかった。

「まっ、良くも悪くも若い時の過ちだったっつー話だ。後悔は微塵もない」

「えーっと、答えるのがアレなら拒否していいんですけど。そういう仲だったのに、どういう流れで別れたんです？」

そして、なんで陽兄とウミ姉が結婚するトコまで行ったのか。

本当に知りたいのはコッチだけど、円さんがそこまで知ってるかは分からないので直接は訊けない。

「付き合ってしばらく経ってからな。いきなり別れ話を切り出された」

「エッッ」

「『すまん、ずっと一緒にいて欲しいヤツがいるってわかっちまった。だから恋人じゃなくて友人になってくれ』ってね。な？　クズだろ」

陽兄……なんてことを。

よくもまあこの怖い円さんに向かってそんな発言ができたもんだよ。

「あまりにもムカついたんでボコボコにした。んで、別れた」

陽兄の元カノさんはあっさり言い捨てたが、その全身からは怒りのオーラがほとばしっているように感じる。

そういえば以前、陽兄がボロボロになって帰ってきたことがあったっけ。

　本人は派手に転んだとか適当な理由をつけてたけど、今更になって真相を知るなんてなぁ……。

「その後しばらく連絡もしなかったからな。二度と会う事もないと思っていたんだが」

　海を眺めていた円さんがボクの方へ体を向け、右手で作ったたてっぽうを突きつけてきた。

「あの大馬鹿ヤロウは懲りもせずにアタシに会いにきやがった。弟を連れてな」

「あー……ボクがお手伝いをするようになった時ですね」

　お手伝い――なんて言い方をしているが、要するに少しでもお金を稼ぐ手段を探していたのだ。いつまでも陽兄に頼りきりではイケナイと考えての行動だったけど、年齢的にそうそう都合の良い手段は見つからなかった。

　そのことを陽兄に相談したら「アテならあるぞ！」と、円さんのお店に連れて行かれたんだけど――。

「ほんとに、その節は……なんというか兄と円さんの関係を知った今となっては感謝と申し訳なさがとんでもないレベルですが」

「悪いのはあのバカだ。弟のあんたが兄の分を背負う必要はない」

「……はい」

「まっ、陽の紹介だから手伝いを頼んだって部分はあるよ。色々知らない仲じゃない男の大事な家族だ。少しは手助けしてやりたいなんて気持ちも少なからず、な」

「ありがとうございます。その気持ちがすごい嬉しいです」

まだしばらくは円さんのお手伝いは続く。

今後はもっと気合を入れて頑張らないといけないな。

「あんた、良い子だよ。ちょっと良い子すぎるぐらいだ」

「そんなことないですよ、普通です」

「そんな良い子のナツに、悪い大人が余計なお世話をしてやろう」

「へ？」


「あんたはもっと我がままになりな」

その言葉の意味が掴めずどう返したらいいかわからないでいると、円さんがボクに構わず話を続けた。

「海華ちゃんが好きなんだろ。子供の頃からずっとさ。でもその気持ちを正面からぶつけちゃいない」

「それは、だって陽兄がいたから……」

「陽はもういないよ」

　ハッキリと事実を告げられた。

　その言葉は、ウミ姉ですら口にしたことはなかったのに。

「いないんだよ、もう。会いたくったって会えないし、助けてもらいたくても助けてもらえないんだ」

「…………」

「ナツだけじゃない。アタシも……恋人だった海華ちゃんもだ」

「わかってますよ。だからボクは、なるべく早くウミ姉の負担にならないよう独り立ちする必要があるんです」

「独り立ちして、それで？　海華ちゃんを放っておくのか？」

「放っておくなんてありえません。ただ、一緒に暮らさなくなるだけです」

「……そうすれば、自分というお荷物がいなくなれば海華ちゃんが解放される。縛られることなく、好きに生きられる。新しく好きな人だって見つけられるとか考えてるのか？」

「そう……ですね」

「大好きな女が別の男と一緒になるのに、あんたはそれを黙って見てるばかりか最後は逃げ出すと」

「そういう話じゃないでしょ⁉」

「そういう話だ」

「違います」

「違わない」

「違いますって！」

「なんでそんな風に考えるのか、自分でしっかり理解してるか？」

「わかってますよ‼」

意図してない大声が飛び出した。

「ボクが、大好きだって。ずっとずっと前から、子供の頃から大好きでしたって改めて伝えたらあの人は困るでしょ⁉ 自分の恋人だった陽兄の弟からですよ⁉ 本当の弟みたいに思ってた年下の子供から告白なんてされて受け止めてくれると思いますか⁉」

「ああ、ぶっちゃけ厳しいわな」

「だったら黙ってるのが正解でしょう。ボクはこれ以上ウミ姉を困らせたくないんです」

「…………そこまで考えてるくせに、全然納得できてないのな」

「納得してます」

「泣きながらじゃ説得力なさすぎだろ」

「泣いてませんッ」

　嘘だ。

　無駄に強がることしかできないぐらい、ボクの顔はぐしゃぐしゃだ。

　手でぬぐって誤魔化したってソレは変わらない。

「なあ、ナツ。海華ちゃんはアタシみたいな無愛想な女と違って、傍に誰かがいてやらないといけない娘だ」

　ポン、と頭の上に手が置かれた。

　とても、優しく。

「ナツまでいなくなったら可哀相だろ。そりゃ別のいい人が見つかる可能性はあるが、どんな馬の骨ともわからんヤツにくれてやる必要がどこにある」

「……そこは、お前しかいないんだとか言うところじゃ？」

「そういうのはな、惚れた女の口から引っ張り出すもんだ」

　ニッと不敵に笑う円さんは滅茶苦茶かっこいい、大人の女性だった。

「遠慮するな。臆するな。突発的な事故はあったが、まだあんたはその気持ちを真正面から全部伝えたわけじゃないんだろ。勝敗なんて気にするぐらいなら当たって砕けてこい」

「……砕けるのが前提な言い方は失礼ですよ」

でも。

不器用で照れ隠し（かく）な励ましが、とても円さんらしい。

「ボク、もう行きます」

「そうだ。このままじゃ納まりが悪すぎるんだから、さっさと自分なりにケリをつけてこい」

「はい」


準備を整えてボクはその場から駆け出した。

これからどうするべきだろう。

することは決まっている。でも、そこまで行くにはどうすればいいのか。

どうせならやれることは全部やりたい。今できることをすべて注ぎこみたい。

この旅行中に、ウミ姉に対して出来る事ってなんだろう。

深く集中しながら来た道を戻っていくと、浜辺に降りる階段とその横にある夏祭りの告知用の立て看板が同時に目に入った。

その瞬間、脳裏に記憶の残滓（ざんし）がよみがえってくる。

『ナッちゃんみーつけた‼』
『海華ァ！　ナツがいたのか⁉　いたのかナツが‼』
迷子になったボクを見つけてくれたウミ姉と陽兄。
それから、質問の後にじっとどこかを見つめるボクらの姿が浮かぶ。
『じゃあ、ボクがいつかチケットをとれたら――――約束してくれる？』
『うんうん――楽しみにしてるわね♪』
――そうだ、約束があった。
まだあやふやなところは多すぎるけど、果たすなら今だ。
でもそのためには、頼れる相手がいる。
希望の欠片を掴んだまま、ボクはさらに足を早めた。

「……青春してるねぇ」

まだまだ老けた気もないが、自分はもうあんな風にはできないだろうとアタシは知っている。だから、ただその背を見送っているのだ。

――こういうので良いんだろう、陽。

堤防に置いた空き缶を手持ちの缶で軽く小突く。自分なりの乾杯であり献杯だった。

ナツや海華のような幼馴染達と比べればグッと短い付き合いだったが、アタシはアタシなりに陽を理解していた。あの突然いなくなったバカは、自分の女を弟に盗られるからどうこう言うタマじゃない。

むしろ、他のヤツに盗られるぐらいならこの世で最も大事にした弟に笑って譲るだろう。

『グズグズすんなナツ！　ずっと好きだったんだろ？　いいからお前が海華を幸せにしてやりゃあいいんだよ』

なんて言い出すかもしれない。

もちろん、こんなものは全て想像だ。しかし、そんなに的外れでもなかろうと元カノ的には直感している。

そうでなければ、

『もし、ナツのヤツが困ってたらよ。少しだけ手を貸してほしいんだ』

そう、事ある毎に頼んできたりはしない。

自分の死期が近いなんて感じてたかは知らないが、何が起こってもなんとか上手くいくようにしたかったのだろう。

いつだったかの昔に、陽と一緒に同じ海を眺めたことを思い出しながら、アタシは買ってきた串焼きの最後の一本を食べきった。

「バーカ、そんなん頼むくらいだったらお前が生きてた方が話が早いんだっつーの」

けれど、それはもう不可能だから。

今更ながらアタシはお願いを叶えてやることにしたのだ。

ケンカ別れだし面倒事を押しつけやがったが、幾度も肌と心を重ねた相手だったから。

「せいぜい天国で感謝してろ。つーか、有りがたくむせび泣けバカ陽め」

空と海の境に向けて悪態を吐きつつも、アタシはもうしばらく、その場から離れられなかった。

◇◇◇

「ナツと姉貴、どこにもいねえじゃん」

大分長い時間遊んでいたので少し休憩しようとパラソルを立てた拠点に戻ったが、てっきりそこに居ると思っていた二人のどちらもいない。

何か食い物でも買いに行ったか、ナツが姉貴に拉致られたかのどっちかだろうが……。

「オレもなんか買ってくるか。海華さんはどうするつもりだろな？」

まだまだ遊び足りないといった感じの海華さんは、さっきまでオレが居た場所で泳いで潜ってし続けている。引きかえして直接訊いてきてもいいが、ついでに何か買っとけば喜んでもらえるかもな。

その考えに行きついたので近くの海の家を探し始めた。

それにしてもナツの野郎。

あんな美人で可愛い大人のお姉さんとひとつ屋根の下で暮らし続けてるとか、なんてうらやましい！

しかも秘密にしてるとはいえ、好きな相手だろ。

オレだったら絶対無理だね。あんだけ魅力的なんだ、何もしでかさない自信がこれっぽちも湧かねえわ。

まっ、何かやらかした日にゃ、ギクシャクして普段どおり一緒にいるのも無理な話だけどな。

「……ん？」

　そこでふと何かが引っかかった。

　ギクシャク？

　そういえば旅行初日に、あの二人は正にそんな感じだったような……。

「まさか、ナツの野郎⁉」

「ボクがどうかした？」

「おう⁉」

　いつの間にか戻ってきたナツの声で、口から心臓が飛び出しそうになった。

「脅かすなよ！」

「普通に話しかけただけだよ……」

「そうかいそうかい。って、お前どこ行ってたんだよ？　やっぱ姉貴に拉致られてたのか。一緒に戻ってきたわけじゃなさそうだが」

「拉致られたんじゃなくて、喝を入れてもらってたんだ」

「はあ〜？　そう説明するように脅されたのか？」

「それよりゴロー、ウミ姉はどこにいる？　一緒に遊んでたんだよね？」

「ああ、海華さんならまだ海で遊んでるぞ。オレは休憩に戻ってきたトコだ」

海華さんがいるであろう方角を指で示すと、ナツはじっとそっちの方を見てから少しだけ安心したように息を吐いた。

「そっか、ちょうどよかったよ。実はゴローに話があってさ」

「オレに話だぁ？　……はっ、まさかお前。さっきまで特に口を出さなかったくせに、今更海華さんと一緒に居るのはムカつくから止めろとか言い出す気じゃねえだろうな」

「それも少しはあるけど」

「あるのかよ⁉」

「誰だって好きな人が他の男と一緒にいたら、少しはムッとするだろ」

あっさり口にしたその態度にオレはかなり驚いた。

ナツがこんな風に自分の気持ちを口にするなんて大分レアだ。年に数回あるかどうかってレベルだろ。

「……話ってのは海華さんにあんま気安く近づくなってヤツか？」

「ううん、そうじゃないよ。ボクがゴローにしたい話ってのは――」

少しだけ間をおいて、ナツは意を決したように続けた。

「旅行に行く前に話してただろ。ボクとウミ姉が上手くいくように協力してくれるって話、もちろん有効だよね？」

半ば冗談交じりに言った約束を確認してくるナツの眼はマジのマジだった。それは信じて疑わないヤツの表情だ。オレが好む漢の顔をあの悩んでばっかの友人がしている。

「くはっ！　なんだお前、そんな顔で念押ししてくるとかよ」

　こんな頼られ方は嫌いじゃない。むしろ大好物。

　これに応えられなきゃ男が廃るってもんだろが！

「有効も有効。オレに出来る事ならなんでもやってやんぜ、親友！」

「ありがとう！　そう言ってもらえるとボクもお願いしやすいよ」

「そんでオレに何をどうしろって？」

「倍率が高くて入手が難しいチケットを、絶対手に入れる方法を教えて！」

　冗談のような意外すぎる頼みに、一瞬でたくさんの「何故？」が脳内をかけめぐったが、それらを抑えてオレはこう訊いた。

「詳しく」

「えーと、ココがこうなって……んっしょ……帯の結び方は……」

悪戦苦闘しながら松おばあちゃんが用意していた浴衣に袖をとおす。あんな悲しそうに「楽しみにしてたんだけどねぇ」なんて言われてしまったら断れるはずがないでしょうに。

今思えば、多分その辺をわかってての嘘泣きだったんだろうなぁ。

まったくもー。

今度から「用意するならもっと着やすい簡単なヤツにして」って、お願いしとかないと！

夏旅行の三日目は、毎年恒例の夏祭り。

私達はもちろん、地元の人の多くが待ち望み、当日は訪れる人でごったがえす大きなお祭りだ。

美味しい食べ物の屋台。金魚すくいに射的にヨーヨー釣り。さりげなく出ている昔懐かしき亀すくいにかたぬき屋さん。

どれも稼ぎ時の千客万来。

そして夜には、大きく咲き誇る花火が打ち上がる。

「行かない手はないわよね～…………よしっ、おかしなとこはなさそうね」

姿見の前でくるっと回って異常なし。

お財布や携帯は巾着に入れてっと。

そこで私は改めて鏡に映る自分を見つめ直した。

「んー、ダメねぇこんなんじゃ」

私の表情はどこか暗い。

気落ちしているというか、落ち込んでるというか……「やっちゃったなぁ」って感じだ。

旅行初日の夜。

ナッちゃんにごめんなさいをしてから、二人で話す機会はほぼ無かったといっていい。

二日目の昼以降、ナッちゃんはゴローくんとずっと一緒にいた。

最悪の場合、私の言葉にショックを受けて一人で帰ろうとするなんて事もあり得るんじゃと心配していたけど、さすがにそれは考えすぎだったみたい。

近くに行くと話すのを止めちゃったり、どこかへ行っちゃったりするのであの子達が真剣に何を話してるのかまではわからないけど……その辺は松おばあちゃんが一緒だから心配無用でもある。

ゴローくんと松おばあちゃんは、何故か互いにいい話し相手になってるみたい。昨日の夜なんてナッちゃん・ゴローくん・松おばあちゃんの三人＋旅館の男衆でどこかへ遊びに行ってたみたいだし。

『海華ちゃんはお留守番だよ。また次の機会にしようね』

松おばあちゃんからそんな風に待ったをかけられたのは……ちょっと除け者にされてる

感があるけど。

……いけないいけない、また沈んできている。

両手で頬をぺしぺし叩いて、目尻をうにょーんと伸ばす。少しマシになったけど、まだ足りない。

だから私は、今までに作ってきた夏の思い出を振り返った。

ふざけてる陽くん。

それに便乗する私。

おばかな兄姉に困るナッちゃん。

色褪せることのない楽しい日々。

「ふふっ」

思わず顔がにやける。

やっぱりこの方法が一番私に合っているようだ。

「…………ウミ姉？　どうしたの鏡相手にニヤニヤして」

「ふあ⁉︎　な、ナッちゃん！　いつからそこに、っていうか私が着替えてる部屋にノックもせずに入ってくるなんてマナー違反じゃない⁉︎」

「ノックはしたし何回も声をかけたよ。でも反応がなかったから」

「うっ」

か、完全に聞き逃(のが)していたわ。

どれだけ思い出に意識をもってかれてたのかしら。

「ごめんなさい、ちょっとぼーっとしてたみたい」

「そう? ならいいんだけど」

……あ〜この無言の間が気まずい。

そりゃあそうだよね。ナッちゃんからすればフラれた相手にどんな態度をとればいいのかって話だし。

きっと私以上に困ってるはず——。

「その浴衣」

「え?」

「また松おばあちゃんが用意してくれたんだね。うん、ウミ姉にすっごい似合ってる」

「そ、そうなのよ! いやーさすが松おばあちゃんの目利(めき)きだよね。私もこの柄好きだな〜」

浴衣は鮮(あざ)やかな朝顔と風鈴(ふうりん)が描かれたもので、とても涼しげなデザインだ。夏の蒸し暑さの中にあっても清涼(せいりょう)感があるので、着ているだけで体感温度を下げてくれそう。

「ナッちゃんは甚平か。そっちも涼しそうね！」

「涼しいし動きやすいよ。これなら人混みでも気にせず歩けそうだ」

「ゴローくんと一緒にオイタしちゃう感じかな～？」

「言い方が古いよウミ姉」

「ぐさっ⁉　ふ、古くないわよ！　みんな使ってるってば！」

「えぇ～？　他にオイタなんて使ってる人を見たことないけどなぁ。あっ、松おばあちゃんが使ってたかも」

「それは遠回しに私をディスってるのかな？　言語関連がおばあちゃん世代だって？」

「そんなことないってば。ほら、そんなことよりゴローと円さんはもう旅館前で待ってるよ。早く行こうよ」

しまった、ついやり取りが楽しくて話続けたくなっちゃったわ。

……あれ？　私とナッちゃん、いま普通に会話してたわね。いつの間にか気まずい空気も無くなってるし……これってどういう――。

「行こ、ウミ姉。せっかくの夏祭りなんだから、たくさん遊ぼうよ」

差し出される手。

そこに重い気遣いのようなモノは感じられない。ただただ自然な動作だ。

一瞬、目の前にいるナッちゃんに陽くんの姿がダブった。

まったくもう、ほんと子供みたい。

いやいやナッちゃんはまだまだ子供だってば。何を考えてるんだ私は。引っ張るべきなのはコッチの方よ。

——よし！

「ふっふっふっ、お姉さんについてこれるかな～」

「遊戯系で全負けしたことすらあるのに、その余裕がどこから来るのか不思議で仕方ないんだけど」

「今年は勝つし！　見てなさいよー、敗北の味を教えてあげるんだからね！」

いざ、夏祭りへ。

◇◇◇

一時間後。

「そ、そんな……嘘でしょ」

夏祭りが行われている神社の境内。その一角で完膚なきまでに打ちのめされている私がいた。

「もしかして調子悪い？」

「うぐぐぐっ」

　ナッちゃんの確認が盛大な煽りに聞こえるのは、この状況がそうさせているだけよ！　そうよ海華、あの可愛いナッちゃんがムカつく笑みを浮かべながら挑発してくるなんてありえないんだから。

「あ、わかった。欲しいのが取れなかったから悔しかったんだよね？　ほら、ボクが取ったのをあげるから元気出して――」

「ちっがあーーーーう!!」

　ナッちゃんが射的でゲットしたダレダレシリーズのヌイグルミをありがたく受け取りつつも、私は吠えた。

「景品が欲しかったからじゃなくて、ナッちゃんにまったく勝てないから憤ってるんでしょうが!?　なに!?　勝者の余裕ってヤツ!?　というかこんなに圧倒的な差なんてあったっけ!?　私の知らないところでこっそり秘密特訓でもしたんじゃないの?!」

「射的の秘密特訓なんてどこでするのさ」

「ごもっとも！」

つまり単純に私がへたっぴ。あるいはナッちゃんが上手いだけというわけだ。

すぐに覆(くつがえ)すことのできない圧倒的な壁の高さが憎いッ！

「おおー、調子良さそうじゃん。ああオレも海華さんみたいな大人と一緒に祭りを楽しみたいぜ」

「よせよせ、もしいたらそれはきっと美人局だ」

「美人局ぐらいしかオレの相手をしてくれる人がいないって言いてえんですかねぇ⁉」

フランクフルトやイカ焼き、わたあめにカキ氷。

バリエーション豊富な戦利品を持たされたゴローくんと全部持たせる円さん。ああ、なんてわかりやすい上下関係なのかしら。

「なになに？　ゴローくんは私みたいなのとデートしたいの？」

「したいに決まってますよ！　男なら誰でも」

「ほんとかな～？　実は松おばあちゃんの方がいいんじゃないのー？」

「なぜ⁉　どっちかとデートできるってなったら、オレは絶対海華さんを選びますよ⁉」

喰い気味に迫ってきたゴローくんは、私が一歩引かないとぶつかってしまいそうだった。

今時の男子ってこんなに異性に飢(う)えてるのかしら。甚平の似合うヤンチャな祭り男って感じで人気ありそうなもんだけど。

「こら、よそ様のお姉さんに鼻息荒く詰め寄るんじゃない。アタシが恥ずかしいだろうが」

「大丈夫ですよ円さん。ゴローくんも本気じゃないですから」

そんなフォローをしたら「ガーン!?」とちょっとショックを受けたような声が聞こえたような……気のせいかしら。

「だとイイが。海華ちゃんもどれか食べるか？　ゴローに持たせてるヤツから好きなの選んでいいぞ」

「わあ、それじゃあコレ一本もらいますね」

受け取ったフランクフルトを齧ると、パリッといい音がした。熱々の出来立てはとても美味しくケチャップとマスタードの分量もちょうど良い感じ。

「海華さんがオレのフランクフルトほおばっ――」

「それ以上口にしたら秘密の家族会議だぞゴロー」

「ウミ姉、ボクにも一口ちょうだい」

「いいわよー」

持っていたフランクフルトの先をナッちゃんがパクリ。一口というにはけっこうな量が無くなったみたいだけど。

「もぐもぐ……うん、美味しいね」

「だよね！　お腹空いてるんだったら全部食べてもいいよ？」

もきゅもきゅ食べてるナッちゃん可愛いわぁ。

小動物におやつあげてるような気分で、どんどん食べさせてあげたくなっちゃうなぁ。

「…………なんてうらやましい」

「あまり物欲しそうな顔をするなバカものが」

「そんなにして欲しいならボクがしてあげようか？　はい、あーん」

「男にされても嬉しくねえんだよ!?　わかっててやってるだろお前！」

「うん、知ってる」

「性質悪ぃコイツ!!」

じゃれあうナッちゃんとゴローくんはとても微笑ましい。

私も学生の頃友達同士でこんなふうにしてたっけ。何年も前だけどけっこう覚えてるものね。

「みんな、どこか空いてる席に移動しましょ。食べ歩くのもいいけど、人混みを抜けて落ち着いて食べた方がいいだろうし」

「そうだな。よし、あっちに移動するぞ馬鹿弟」

「そう言いながら新しく食べ物買うのやめませんかね!?　どんだけ喰う気だよ太るぞ！」

　ぶちくさ言いつつもついていくゴローくんは、とてもよく出来た弟さんである。なんだかんだで仲良しなんだろう。

「私達も行きましょ。そういえばあそこの美味しいお好み焼き屋さん、今年もあったみたい。ついでに人数分買っていこっか」

「いいね！」

　ナッちゃんの返事を確認してから、私は不意に後ろを振り返った。

「陽くんもそれで――」

　習慣というべきか。

　毎年繰り返していたやり取りが、私にその言葉を口にさせかける。

　もうそこに陽くんはいないのに。

　やだなぁもうしっぱいしっぱい。

「どうかした？」

　焦って前を向く私を、ナッちゃんがキョトンとした顔で見返していた。多分、聞こえてなかった、よね？

「……ううん、お好み焼き楽しみだなーって」

「あそこのおじさん、ウミ姉にはいつもオマケしてくれるもんね」

「今年はどうかしらねー。もう立派な大人だからダメって言われるかもしれないわよ」

誤魔化したことを少しだけ後ろめたく感じながら、私はいつだかの陽くんの代わりにナッちゃんの手を引いていこうとした。

けど、その前に、

「そんなことないよ。きっと美人になったなーって笑いながらオマケしてくれるんじゃないかな」

少しだけ大人びた笑顔でナッちゃんが私の手をとって引いていく。

その触れた部分の熱が温かくて、凍りかけた私の心の一部がみるみる内に溶けていくのがわかる。

なんかナッちゃんが積極的なような……？　これも気のせいなのか。

――でも今は、その温かさがもっと欲しい時だから。

繋いだ手がもう解けないように、私はぎゅっとその手を握りしめた。

やっぱりゴローくんと円さんが参加してくれてよかった。

ナッちゃんと私だけじゃ、絶対にこんなに楽しめてなかっただろうから。

今みたいに急激な寂しさに襲われても、泣かずにいられるから。立ち止まってどこにも進めない私を、ナッちゃんの前では見せずにすむから。

もうしばらくの間は、私は支えてあげるお姉ちゃんでいてあげたい。こんな風に手を引かれるんじゃなくて、次からは手を引いてあげられる私でいられますように。

ダレダレシリーズのキーホルダーが入った巾着を胸に抱えて、私は改めて強く願った。

たくさんの楽しいで賑わう夏祭りを、ボクら四人で存分に堪能していく。

これなら天国の陽兄もさぞかしくやしがっているに違いない。いまごろ地団駄(じだんだ)踏んでたりするのかな？　後で怨(うら)まれても困るので何かおすそ分けを考えておかないと。

ああ、でも。

化けて出てくれるなら、このままの方がいいかな。

なんて考えながら何か手ごろな物はないかと探していると、

『――三十分後に花火大会の開始となります。今年も夜空に咲く大輪の華を是非(ぜひ)ともご覧ください。繰り返します――』

あちこちからアナウンスが流れ出した。

それを契機に、このお祭りのメインイベントを見逃すまいと人の流れが大きく慌ただしく変わっていく。

「おっ、もうそんな時間か。時間が経つのが早く感じるぜ」

「アタシ達も移動するか」

「ウミ姉、そろそろ花火だから射的はまた今度にしよ」

「くっ、私にもっと時間があればすべての景品を落とすことができたものを」

「一個も落としてないウミ姉の腕前じゃそもそも不可能だし、仮にやれても出店のおじさんが困るから止めようね？」

「ナッちゃんが言っちゃいけないこと言った⁉　私が景品ひとつ落とせないヘッポコだって断言するなんてこの外道！　これだから勝者の余裕ってやつは」

うざ絡みしてくるウミ姉を手で押さえつつ、ゴローに視線を送る。

協力者はそれだけで察して「任せとけ」とボクにだけ見えるように親指を立てた。

「はいはい、ご注目ー！　突然ですがわたくしめから大事なご提案がございますれば！」

こっちこっちと手招きするゴローが舗装された道を外れて、出店もない砂利の方へ移動し始めると、自然とボクを含めた三人がそれに付いていく。

通行人の邪魔にならないのを確認したところで、ゴローのポケットから長方形の紙が数枚取り出された。

「パンパカパーン！　花火大会の特等席ちけっと〜〜！」

ソレは青い猫型ロボットが道具を取り出すようなイントネーションで掲げられたチケット。ゴロー会心のドヤ顔である。

「花火を観る場所を探すのも苦労するかと思って、事前に用意しておきました！　どうっすか海華さん！」

「ええ!?　すごいわゴロえもん！　でもどこでそんな物を手に入れたの？」

ゴローの謎テンションに付き合えるウミ姉のノリの良さがすごい。

「普通に抽選で勝ち取ってきたんスよ。花火大会の特等席販売所で」

「ほお、そんなものが売ってたのか。倍率凄かったんじゃないか？」

「そこはほら。オレ&ナツタッグの愛と根性と豪運があればちょろいもんさ。姉貴も感謝していいぞ」

「言い方は気に喰わんが今回は素直に誉めてやろう。ナツ、よくやったぞ」

「待ってオレは!?」

「よしよし、頑張ったねゴローくん」

「海華さん優しい！　今日からオレの姉ちゃんになってくれませんか！」

調子に乗り続ける友人ゴロー。

だけど今回ばかりはもっと調子に乗ってもいい。

あのチケットが手に入れられないか相談したのはボクだけど、最終的に「絶対入手してみせる」と色んな手段を講じて勝ちとったのはゴローだ。

今回だけはウミ姉によしよしされてるのも見逃すとしよう。

「その特等席はどこにあるんだ？」

「浜辺の真ん中らへんだな。この祭りの花火は海上で打ち上げるのが中心らしいからその辺がよく見えるんだろ」

そう説明しながらゴローが特等席のチケットを各々に手渡していく。

そのチケットは二枚ずつ色合いが違っていて、ゴローと円さんが青いチケット、ボクとウミ姉が赤いチケットだった。

「まあ先に言っとくと、ゲットはしたもののさすがに四人全員が並んで観れるような席は取れなかったんだ。だからそれぞれ二人ずつのペアチケットになる」

「この同じ色のチケットが隣り合う席ってこと？」

「そういうことッスね。そんなわけで今回はそれぞれ姉弟ペアで鑑賞するって感じで」

「妥当だな。お前のことだから『絶対海華さんと観る！』とか言い出すかと思ったが」

「オレが海華さんと二人っきりで花火観ながら会話が弾むと思うか？　それにどうせなら――」

「女に不慣れなヘタレ野郎なのはわかったからそれ以上続けるな」

「言わせろよ⁉　どうせなら『全員一緒に観たいだろ』ぐらいさあ！」

「あーそっか。それなら特等席は止めて普通に観る？　それならみんな一緒よ」

え⁉　それはちょっと予想外だぞ。

さりげなく軌道修正しなければ。

「ウミ姉ウミ姉。それだとゴローの苦労とチケットが無駄になっちゃうし、また今度でいいんじゃないかな。チケットなんて必ずしも毎回手に入るわけじゃないし」

それに……。

「せっかくだからボクは特等席で観てみたいよ。これまで無かったことだしね」

「……ううっ、そんな期待に満ち溢れた目をされちゃうと頷くしかなくなっちゃうわね。ごめんなさい、ゴローくん。次は皆で一緒に観るってことでッ」

「いやいや！　そんなかしこまらないでくださいよ！　オレとしちゃ遠慮しないで受け取ってもらった方がいいんスから」

「そうそう、遠慮なく受け取ってやってくれ」

「姉貴はもうちょい遠慮してもいいんだぞ」

「ほう？　珍しく善行を積んだ弟にチケット代を多めにくれてやろうかと考えてたんだが、遠慮していいのか？」

「無遠慮でお願いしまッス！」

高速で頭を下げるゴローにひとしきり笑って、ボクらは花火会場の特等席エリアへと向かった。

例年どおりというか、むしろ去年より多いぐらいの見物人達の隙間を縫って浜辺に到着すると、既に花火がよく見えそうな場所には人混みが出来上がっている。

中にはシート持参の人もいたようだけど、敷くスペースもあまりない感じだ。その一方でロープで区切られた特等席エリアは有料なだけあって、かなりのスペースを確保されているようにみえた。

「特等席エリアのチケットを持っている方はこちらの入口からエリア内にお入りくださーい！」

「あっちみたいだね」

混乱を避けるために配置されたスタッフの誘導に従い、四人一緒にエリア内へと入っていく。

大きく分けて入口を中心とした左側が青いチケットのエリア、右側が赤いチケットのエリアになっているようなので、ボクらは向こうに行くね」

「それじゃあ、ボクらは向こうに行くね」

「ナツ」

別れる直前、ゴローがボクにだけ聞こえるように声をかけてくる。

「失敗してもメゲんなよ」

失敗する前提なのが腹立たしいが、その励ましは胸にじんわりと染みていく。ゴローなりの熱いエールだった。

最後は送りだすように、拳でトンと胸を突かれる。

ボクはただ感謝をこめながら大きく頷いた。

さあ決戦だ。

最初はそんな気持ちでウミ姉を伴って席へ移動してたけど。

「ねえ……ナッちゃん」

「うん」

「なんかこの辺の席って特定の人達ばっかりっぽくない？」

「……気のせいだよ、多分」

そう、きっとたまたまだ。

赤いチケットを持ってる人達のスペースに入った途端、あっちこっちにとても仲良しな男女ばっかりなのは。

「はーい！　赤いチケットを買った方はお早めに指定のカップル用シートにお座りくださーい！」

「花火大会限定のラブラブカップルジュースはいかがっすかー！」

「……たはは、ココってそういう人達用だったんだね。ゴローくんは知ってたのかなぁ」

「知らなかったと思うよ。そもそも抽選で当たったわけだし」

なんてウミ姉には言ったものの。

ゴローーーーーーー!!

あいつ絶対知ってただろ!?　変なところに気を回さなくていいのに！　これじゃ変に雰囲気が出ちゃってウミ姉が警戒しちゃうじゃないか！

こんな状況は脳内イメージに組み込まれてないってば!!

「あっ！　あそこじゃない、私達の席」

ウミ姉が示した先のシートは、チケットに記載された番号と一致していた。間違いなくボクらの席である。

それはいいとして、なんでこの席のシートはハート型なのか。

「うーん、どうぞベタベタして下さい感がすごいわ」

「きっとそっちの方がウケるんだよ。過剰なくらいの方がインパクトあるし」

は、恥ずかしさもすごいけども。

え？　周りの人達はみんな平気なの？　動揺してるのはボクだけとか？　そんなバカな。

世の習熟したカップル達は、恥ずかしさ耐性レベルＭＡＸの特殊スキルでも習得してるというのか。

夏の暑さだけじゃ説明できないくらいの汗をかいてしまいそうだ。

ウミ姉はボクに比べて経験豊富だろうし、このぐらいなんともないんだろうけど……。

ここんとこのギクシャク感が再発したらやりにくくなっちゃうなぁ……。

ちらりと横に目を向ける。

「もう少し時間あるし何か追加で飲み物買ってこようかしら」

「……ウミ姉？」

「なに～？」

「なんか遠くない？」

口調は普通なのに一メートルくらい離れてそうなんだけど。

「目の錯覚よ」

「シートからはみ出てるのに？」

「今は砂の感触が気持ちいい時間帯なの」

「そうなんだ？　じゃあボクもシートから降りてみようかな」

「ナッちゃんには適正がないから無理よ！」

「適正とかあるの⁉」

「砂地適正Aの私はステータスが上昇するけど、適正Eのナッちゃんは動機と眩暈のバッドステータスを受けるの！」

それが本当なら、今までのボクはどうして海水浴場で遊べたんだろうか……。

この意味不明な言動。

明らかに何かを意識している状態のウミ姉になっている。

「あほいこと言ってないでシートに座ろ？　松おばあちゃんが選んでくれた浴衣汚れちゃうでしょ」

「…………そ、そうね。汚すのは忍びないわね」

大人しくシートに座るウミ姉だけど、まだ少し距離がある。ボクとしてはもっと近くにいたいところだけど無理強いはできない。

だから、こっちから近づいた。

今まで自分がわざと空けていた溝を埋めるように。

「ウミ姉に、伝えたいことがあるんだ」

緊張感が高まり、鼓動が一段と早くなっていく。

何人もの人に背中を押してもらったのにコレだ。いますぐ止めて逃げ出しそうになっている自分がいる。

でも。

どんな結果になっても受け止めるって、そう決めたから。

ボクの声掛けに、おずおずとウミ姉がこちらへ顔を向けてくれた。

「どうしようどうしよう」って感じに困ってる表情も可愛い。

ボクの前では大人っぽく振る舞おうとするウミ姉。

本当は子供っぽいところばかりなのに、それを見せようとしない強くて優しい年上の女の子。

本当は陽兄が亡くなっていっぱい泣きたかったはずなのに、ボクの前で彼女が泣く事はほとんどなかった。

自分のすべてを、ボクのために使おうとしてくれた。

小さい時からずっと変わらず、ボクはそんな人に恋をして——もっと大好きになって——諦めようとたくさん考えて、それでも諦められなかった。

陽兄。

今から自分勝手なことをするけど応援してね。恋人として怒っていいし、くやしかったら化けて出てきていいからさ。

そう謝るように祈ったけれど、結局陽兄がボクに対して怒る姿は浮かばなかった。

「やれるもんならやってみろ」と、余裕をかまして笑っている。

——うん、やってやるさ。

「ボクは……ウミ姉が——海華ちゃんがずっと好きでした。ボクを支えるお姉ちゃんから、隣に並んで一緒に歩く女性(ひと)になってください」

夏の大告白大会　の　行方

子供の頃からずっと好きだった人がいた。

彼女は幼馴染だったけど、ボクよりずっと年上で。

気づいた時には仲良しの兄と結婚することになっていた。

結婚、するはずだった。

でも、陽兄がいなくなって。

二人で暮らすようになって。

ずっと秘密にしようとしていた気持ちが揺れ動く。

結局のところ、ボクはソレを隠し通す事ができなかったのだ。

でも、まだしっかりとこの気持ちを伝えられてもいないボクの背中をはたいてくれた人がいた。

無茶振りを気にせず力を貸してくれた友達がいた。

チケット入手をこっそり手伝ってくれた松おばあちゃんや旅館の人達にも感謝しなきゃいけない。

たくさんの人が、ボクに勇気をくれた。

そのおかげで――、

『ボクは……海華ちゃんがずっと好きでした』

ようやくこの言葉を正面から伝えられたよ。

言い切った瞬間を狙っていたかのように、夜空に咲いた大きな花火が辺り一面に明るい色を添える。

照らし出されたウミ姉の表情は花火に負けないぐらい紅くなっていたけれど、これだけは言える。

きっとボクの方がもっと赤い。

熱気をはらむ歓声が周囲から上がり始める。

恒例の「たまや～！」って掛け声がいくつも空に昇っていく。

この空気の中で静かにしている人もいるだろう。けど、花火会場の特等席にきて花火以外に注目しているのはボクだけかもしれない。

気持ちは、確かに伝えた。

ずっと隠していた恋心。たとえ事故でバレても、絶対に使おうとはしなかった『好き』という言葉を。

「…………」

ボクは急かすこともなく、ウミ姉の返事を待つ。

決して目を離さず、そむけず、逃げずに待つ。

少し経って……驚いていたウミ姉が目線を切った。

答えが出たんだ。あるいは、決まっていた答えを告げる決心がついたのかもしれない。

本当に申し訳なさそうに、今にも「ナッちゃんは困った子だなぁ」と大人の表情を浮かべるとわかってしまう。

でも、怯んだりはしない。

理解してもなお、聞かなきゃいけない返事がそこにあるんだ。

「ナッちゃんにちゃんと『海華ちゃん』なんて呼ばれたの、いつぶりだろ」

車で送ってもらった時にからかいながら呼ばせたのを棚にあげて、海華ちゃんが昔を懐かしむように呟く。

「小学校中学年の頃が最後だよ。大学生になった海華ちゃんを、ちゃん付けで呼ぶのは子供っぽすぎるって思ったから」

「気にし過ぎ～。私はずっとちゃん付けで呼んでるじゃない」

「それはボクが年下だからでしょ。年上をちゃん付けで呼ぶのとはまたちょっと違うよ」

「そうかしら？　呼びたいように呼べばいいと思うんだけどなぁ」

可笑しそうに一笑いして、海華ちゃんがボクの傍へ寄ってきた。花火の音で大事な言葉が聞こえないと困るからだ。


「ナッちゃん」

「うん」

「……ありがとう。私を、そんなに好きになってくれて」

「絶対に、海華ちゃんが考えてるより、絶対好きだよ」

「わっ、絶対を二回も使った。……こんな状況で告白するぐらいだもんね。すっごく勇気がいるでしょ」

「そうだね。だから、伝えるまでにたくさん時間かかっちゃった」

「…………本気なんだね」

既に理解していることを改めて確認するような海華ちゃんに頷き返す。「そうだよね」と納得した彼女の目にじわりと涙が滲み始めた。

「やだなぁ……その気持ちはとっても嬉しいのに。私はまた、こう返さなきゃいけないんだもの」

鼻をすすりながら、海華ちゃんが見つめてくる。先日の夜と同じように。

「大好きだよナッちゃん。でもね、それは守ってあげたい人への好きなの。恋人になりたい、そういう好きじゃないの」

――うん、知ってるよ。

……わかっていたけど直接言われるとやっぱりキツイ。だけどそんなの覚悟の上での告白なんだ。

「ごめんね。ナッちゃんが陽くんの弟じゃなければ、また違う返事もできたかもしれないのに」

「……やっぱり、ボクが陽兄の弟だからダメなの？　まだ陽兄のことが大好きだから？」

「……それもある、けど。他にも理由があるの。それは──」

「あの事故の時、陽兄が海華ちゃんを庇ったことを気にしてる、とか？」

「ッッ！」

あからさまに海華ちゃんの顔が青ざめていく。

指摘が当たっていた事が、こうして証明された。

「……なんで、それを」

「海華ちゃんが教えてくれたんだよ。確信したのは今さっきだけど」

「私はそんな話をしたことないわ」

「海華ちゃんが覚えてないからだよ。ずっとそれを気にして、負い目を感じて、でも誰にも言わずに隠そうとしたんでしょ。……でも、結果的にはその無理がたたってボクに伝わることに繋がったんじゃないかな」

陽兄が亡くなってからボクらが一緒にいる時間はグッと増えた。

寝ている時に海華ちゃんがうなされる回数も。

彼女が陽兄の名前を呼んで謝る度に、陽兄のフリをして慰めようとしたボクが秘密を知ってしまったのは必然だった。

「そんなの気にしてないよ。強いていうなら、陽兄の凄さを思い知ったけどさ」

「気にならないわけない！」

海華ちゃんの声が震える。

「だって……事故の時、私がいたから陽くんは死んじゃったんだよ？　運転手が発作を起こして暴走した車両から私を庇ったりしなければ、陽くんは生きてたはずなのに!!」

「その代わりに海華ちゃんがいなくなってたよ。多分ね、陽兄はそれが一番嫌だったからなんとかしようとしたんだ。少しでも最善だと判断した道を選んだんだよ」

「そんなのなんでわかるの!?」

「わかるよ。海華ちゃんだって知ってるでしょ？　ボクと陽兄は考える事がそっくりな仲良し兄弟だもの」

年はかなり離れてるし、性格も異なる。

でもその中身の根幹は、一番重要な部分は、お互いに呆れるぐらい似ていたんじゃないかと思う。

――なんて、勝手に感じているだけかもしれないけどね。

陽兄は兄で、ボクは弟。その違いは大きかった。

でも、それでも。

一人の女性を好きになったのは絶対同じだったから。

「さっ、コレで海華ちゃんの負い目は無くなったでしょ。あとは陽兄の弟であるボクとそんな関係になっていいのかって話だっけ？」

「い、いやいや！　話の進め方が強引すぎない⁉　そんなあっさり解決できることじゃなかったし、他にもこう……いろいろあるでしょ、なにか！」

「ひとつもないよ。一番気にしてた──怖かったものはもう振り切っちゃったもの。だから後は進むだけなんだ」

ボクが気持ちを封じてたのは、ソレを伝えたら海華ちゃんとの関係が悪い方へと大きく変わってしまうのが怖かったから。

一緒に暮らせるだけで良かった時のボクにとって、この恋心を知った海華ちゃんがいなくなってしまうのが最悪だったんだ。

でも、もう怯えない。

そうならないように頑張ればいいんだって、考えを改めたから。

「他に何か問題があるなら全部言って。まとめてなんとかしてみるから」

「な、なんかいきなりグイグイくるわね。ナッちゃんってそんなに積極的だったっけ？」

こうでもしないとヘタレちゃいそうなんだよ！

とは言えない。

相手は小さい頃から好きだった年上のお姉ちゃんで、しかも亡くなった兄の恋人だった上に、義姉になってたかもしれない人だ。

そんな人にガチ告白なんて限界突破でもしないと無理だって！

「好きな人のためなら積極的になるぐらいなんてことないよ。むしろこうでもしなきゃ気持ちが伝えられない」

「……けっこー齢が離れてるよ。ナッちゃんが成人して就職する頃には、私は三十代じゃない」

「年上好きだから問題ないね」

「私とナッちゃんがどういう関係か知ったら、みんな軽蔑するかも。学生はそういう噂広まるの早いよ？　学校に居づらくなるよ」

「ゴローや円さんは軽蔑なんてしないよ。それに、他人の関係性に勝手な口出しするようなヤツの言い分なんて気にするだけ損さ」

「あとは、えーっと……」

「海華ちゃん、もしかしなくてもテンパってる？」

さっきから目が左右に泳いでるし、普段から気にしてなさそうなことばかり口にしてるようだけど。

「…………ふふっ、そうよ、そのとおりよ。テンパッてますけどなにか？　それもこれも全部ナッちゃんが告白してきたからなんですけど⁉」

「お、落ち着いて。ボクが原因なのはわかってるから、まずは冷静に——」

「冷静になんてなれるかぁ⁉」

周りにはお構いなしで、海華ちゃんが吠えた。

「自慢じゃないけど、さっきみたいに真剣でピュアな告白されたのなんて生まれてこのかた初めてなの！　そういうのに対する耐性なんて持ち合わせてないのよ私は‼」

「え、そうなの？」

「そうよ‼　しかも年下からされるとか……どうすればいいのかわかんなくなってもおかしくないでしょ！」

変なところで予想外の事実を知ってしまった。

海華ちゃんは告白なんて何回もされてると思ってたけど……案外そうでもなかったのか。

「でも、同年代なら陽兄から告白されたんじゃ？」

「あの陽くんがさっきみたいに真剣な告白ができると思う？　『オレ達、試しに付き合ってみようぜ』ぐらいの軽いヤツだったわよ。付け加えるなら後日お試しじゃなくて真剣に付き合おうって言いだしたの私だし」

「そ、そうだったんだ……。そういうトコも陽兄らしいっちゃらしいけど……」

てっきり土下座で拝み倒し続ける勢いで告白したのかと。

全然違ったんだなぁ。

「あー……うー……もーーー……どうすればいいのよぅ」

「ひとまず、思ってることを口にしてみればいいんじゃない？」

「…………そうする」

「うん」

「ナッちゃんの気持ちは嫌じゃないの。むしろ嬉しいのよ？　私のこと、すっごい好きなんだなって伝わってくるもの」

そう言われるとボクが恥ずかしくなってくるなぁ。でも今は目を逸らしちゃダメだぞナツシ！

「それでも、やっぱり答えは『ごめんなさい』になるの。亡くなってから一年経つけど、陽くんは結婚までしようとした人だから。まだ好きな気持ちは変わらないし、今はまだ他の人とのお付き合いは考えられない」

特に、ナッちゃんとは。

海華ちゃんは強調するように付け加えた。

「好きな人が亡くなっても、はいそれじゃあ仕方ないから別の人と――とはならないわ。好きな人の弟ならなおさらよ。そんなの不誠実じゃない」

「そうかもね。でも、それじゃあ海華ちゃんはずっとそのまま陽兄を想って生きてくの？」

「それは……」

「きっと無理だよ。ボクが陽兄がいなきゃダメだったように」

今は、海華ちゃんがいなきゃダメなように。

「そうやって生きられる人もいるかもしれないけど、少なくとも海華ちゃんは不可能だと思うよ」

「言いきるじゃない」

「そりゃそうだよ。どれだけ長い間一緒に居たと思ってるの？　海華ちゃんが人一倍、うん三倍は寂しがり屋なくらい知ってるよ」

「さ、寂しがり屋なんかじゃ……ないし。一人ぼっちでいるのが人よりちょーーーっと苦手なだけで」

それを寂しがり屋と言わずしてなんというのか。

変な言い訳も可愛く感じるけど、ここで指摘すると怒るだろうからあえてしない。

「別にそれがおかしいとかじゃなくてさ。その、一緒にいるならボクでもいいんじゃないって話。新しく誰かを見つけるより、前から傍にいるヤツにした方が楽じゃないかな」

「なーにそれ。若者間で流行してる新手の誘い文句？」

「素直になってるだけだよ。少なくともその辺の有象無象と比べたらボクの方が海華ちゃんに欠けてる家事スキルは高いし、理解もあるし」

いや、そんなのおまけだ。

伝えるべきは、本当に伝えたいことは他にあるんだ。

ふと、海華ちゃんの持っていた巾着から。

今はシートの上に置かれたその袋から、ダレダレシリーズのキーホルダーが覗いているのが目に入った。

手を伸ばして、二つのキーホルダーを手に取る。

クマとウサギが仲良くくっついているところに、ポケットから取り出したカンガルーを繋げていく。

「……それに、陽兄が相手だったから許せたんだ。ボクの大好きな陽兄と海華ちゃんが結ばれるんだったらギリギリ納得できた」

そうだ、そうだよ。

これが本当の気持ちなんだ。口にしてようやくしっくりきた。

「でも他のヤツじゃ嫌なんだ。絶対譲ったりなんかしない。できない。そうなる前に、ボクが貰う。それで……その上で――」

三匹が繋がったキーホルダーからクマだけを外して、残った二匹をくっつけてみせる。

花火の炸裂音(さくれつおん)が一気に轟いて、眺めている人達全員に色光があたる。

昔、海華ちゃんが迷子のボクを見つけてくれた時のように。

『大丈夫よ、だってその時はまた私が見つけるし。何があってもナッちゃんの傍にいてみせるから』

あの時の言葉を、ボクも、ボクなりに伝えたい。

「どんなことがあっても、ボクは海華ちゃんの傍にいるよ。ずっとね」

お互い無言のまま、少しだけ時間が経って。

ハッと我に返った。

しまった、なんか勢い余ってすごい告白をしてしまった。

嫌とか譲らないとかはともかく、貰うってなんだよ失礼な。海華ちゃんは物じゃないだろうに。

今までボクが一度たりとも発したことのない言葉の数々に、海華ちゃんはぽかーんとしてしまっているようだ。

ううっ⁉ やっぱり言い過ぎたんじゃなかろうか。っていうかもっと言葉を選べばよかっただろ自分！

「………………びっくりしたぁ。ナッちゃん、そういう風に考えてたりしたんだ。実は相手を独占したいタイプなのね、意外かも」

「うぐっ……そ、そんなこともない……はず。今のは海華ちゃんだからであって、誰にでもそうってわけじゃ……」

「ふ～ん？　へぇ～？」

「あの、その顔は止めていただけると……」

からかってくる悪戯っ娘のような顔を向けられると、いきなり劣勢になったような気分になってしまう。

でも、さっきの告白は嘘じゃないから誤魔化せないし、撤回なんてもってのほかだ。

ならどうしよう⁉　って話なんだけどね！

「ふふっ、やだなぁもう。そんな顔見ちゃったら変な緊張とか心配がいっぺんに吹き飛んじゃった」

「…………そ、そう？」

「あんなちっちゃい時のこと、まだ憶(おぼ)えててくれたんだ……。やだもう、すごく嬉しくなっちゃう」

「大事な思い出だからね」

「……そっか」

海華ちゃんの手に、ボクはキーホルダーを載せる。コレをどうするかは、後は海華ちゃんに任せるつもりだ。

「……ねぇ、ナッちゃん。今してくれた話がどれだけ大事なものか重々承知してるけど、返事はちょっと待ってもらえないかな」

「え？　もちろん構わないけど……どうして？」

思わず聞きかえしてしまったボクに対して、海華ちゃんが水平線から夜空までを指でなぞる。

「せっかくの花火だもの。見なきゃ損、でしょ？」

そう口にした時の海華ちゃんは、いくつも咲き乱れる花火よりも、ずっと明るくて魅力的な笑顔だった。

それからのボクらは、空を静かに見上げ続けた。

胸の想いを吐きだすだけ吐きだしたからか、妙にスッキリした気持ちだ。可能な限り海華ちゃんのもっと近くにいたいと欲してしまい、避けられるの覚悟でぴっとり身体を寄せる。でも、海華ちゃんは逃げなかった。

それどころか、伸ばした腕でさらにボクを引き寄せてくれる。

「陽くんだったらこうしてるでしょ。もっと近くに寄れ、幼馴染の仲良しだろ、ってさ」

「うわ、すっごい言いそう」

シートに置いていた右手に、海華ちゃんの左手が重なる。握るでもなくただ触れるように優しく。

「綺麗……。やっぱりココの花火はいつ観てもイイわね」

「凄いよね。毎年観てるのに、毎回とても綺麗」

また少しだけ、会話が止まる。

本当なら、そこには陽兄が交ざるはずだった。

いないとわかっていても、ボクと海華ちゃんは聞こえるかもしれない声を待つように何も話さない。

聞き慣れたあの声が、約一年経った今になって嘘や幻でもいいから聞こえてくるんじゃないかと、そう思ってしまう。

「……ナッちゃん、さっきの告白だけどね」

「うん」

「やっぱり素直に頷けないの。だからイエスかノーならノーだし。ぶっちゃけナッちゃんをフっちゃうことになるんだ」

「……うん」

「ごめんね。そんなだからさ、ナッちゃんには私よりももっとふさわしい人がいると思うから、こんな未練たらしい女のことなんて放って別の誰かを――」

「それは無理！」

ネガティブな言葉を遮って否定した。否定してやった。

だって海華ちゃん、このあふれる気持ちが全然わかってないみたいだから。だからココはイヤってぐらい伝えてやるんだ。

「海華ちゃんが陽兄への気持ちを忘れられないように、ボクも海華ちゃんへの気持ちを捨てられない。わかるでしょ？　そんな簡単にはいかない、大事な物なんだって」

「……じゃあ、どうするの？　気持ちだけ抱えて告白は無かったことにする？」

「それじゃ何も変わらないよ。ボクはもうこの気持ちを秘密にすることを止めたんだ。そして諦めないとも決めた。だから……すごく自分勝手なことだけど」

それぐらいしないと陽兄には勝てないって思うから。

「ボクはずっと好きだって言い続けるよ。海華ちゃんが振り向いてくれるまで何度もね。少なくとも一度や二度フラれたぐらいじゃへこたれないから、覚悟して欲しいな」

「うわぁ、愛が重いわねぇ」

「それだけ好きなんだ。大好きなんだよ」

「そんなキラキラした瞳で好き好き言わない！　恥ずかしぬから！」

「めんどくさく思うなら今すぐ受け入れるって手もあるよ」

「生意気に変な逃げ道を用意するんじゃないッ」

海華ちゃんは苦笑いしながらボクの頭をチョップした。

よかった、あまり悪くない反応で。

ここで「キモッ」とか「それはないわー」なんてゴミを見るような目で見るような対応をされたら、さすがに心が折れる。

「はぁ〜、もうッ。とりあえずこの件はすぐ終わらないってことは十分わかりました！　なんか変に保留した形になりそうだけど、それでいいのね？」

「いい。考えてくれるってことだから」

「ポジティブ少年め……。その無害そうな顔で虎視眈々と機会をうかがうつもりの癖に」

「そうだね、無防備でいたら攻めに行くかも」

「言っとくけど強引な手段に出たらはったおすからね？　その辺は陽くんに対しても容赦のなかった女よ、私」

「……よーく知ってるから、大丈夫だよ」

アホなことした陽兄がどれだけ手痛い反撃をくらったか。目撃者だったボクは十分理解している。

その辺りを乗り越えるには、海華ちゃんをその気にさせないといけないってわけだ。

……腕の一本や二本で済めばいいけどなぁ。

「オッケー。それじゃ改めて、変に意識せずこれまでどおり仲良くやりましょう」

「うん。絶対受け入れてもらう気だから、そのつもりでいてね」

「……はぁ～。ひとまずその純粋かつストレートに気持ちを口にするのはほどほどにね。心臓に悪いから」

「なるべく善処するよ。ボクの心臓にもあんまり良くないだろうからね」

海華ちゃんの手を取って、ボクの胸に当てさせる。

それだけで今がどんな状態なのかがよく伝わったことだろう。

年上のお姉さんは恥ずかしそうな、ちょっと怒ってるような面白い顔で「ぐむむっ」と唸っていた。

「私のをお返しになんて触らせないからね」

「…………」

「そんなすごく残念そうな顔をしてもダメなものはダメです」

「海華ちゃん」

「もー、くどいわよ。そんなに触りたいの？」

「そうじゃなくて」

それも惜しいけど、したいことは別にあるんだ。

「この旅行が終わったら、陽兄に会いに行こう」

「──それでね、今年の旅行もすごい楽しかったんだ。ゴローや円さんもいてくれたから賑やかでさ」

◇◇◇

宣言したとおり。

ボクと海華ちゃんは、陽兄に会いに来ていた。

陽兄の名前が刻まれた墓石を前に、これまでの報告をしていく。

町から少し離れた丘の上にある墓地は、さわさわと揺れる木々の葉に覆われ、蝉時雨が遠く聞こえる。

青空のずっと向こうには既に見慣れてきた入道雲が見える程、今年の夏はやっぱり暑かった。今日もソレは変わらない。

けれどココが少しだけ涼しげなのは、誰もが安らかに眠れるようにという自然の配慮なのだろうか。

「夏祭りも良かったよ。花火大会もね、とっても綺麗だったんだ。すごく……すごく綺麗だったんだよ。まあ、陽兄のことだからどこかで見てたんじゃないかって思うけど」

一緒に観れたらもっと良かったな。

その呟きは夏の風で舞いあがり、空に吸い込まれるように消えていく。

晴れ渡る青空にのびる一筋の飛行機雲が、ボクの言葉を空の向こうまで連れて行ってくれるだろうか。

さあ、ナツシ。

しっかり伝えよう。

悲しいお別れなんかじゃなく、さあやるぞって感じの宣戦布告をしよう。

「……陽兄。ボクは海華ちゃんが大好きだよ。ずっと前から、子供の頃から好きだったんだ。陽兄に負けないぐらい……ううん、それ以上に大好きだった」

もしかしたら陽兄は気付いていたかもしれない。だからなんだというわけじゃないけど、その上であの人は海華ちゃんと恋人になったと報告してきたのだから、意地悪ではあるかな？

だから今度は、こっちが意地悪になる番だ。

「以前なら陽兄が相手ならそれでも良いかって思えたけど、気が変わった。もう他の誰にも海華ちゃんは渡さない、たとえ陽兄であっても」

思い出になった人程、強力な相手もいないけれど。

それでもなお、諦めることはないだろう。

「その上で約束するよ。ボクは絶対に海華ちゃんが笑っていられるようにする。陽兄とボクが好きだった笑顔でいられるようにね」

話し終わったことを伝えるように、墓石の上からパシャリと水をかける。

「文句があるなら夢でも幻でもいいから会いに来て。……待ってるからさ」

両手を合わせて目をつぶる。

まぶたの裏に浮かんだのは、

『バーカ、やれるもんならやってみろっつーの』

そう言いたげに子供っぽい笑みを浮かべる陽兄の姿。バカにしてるように見えて実は応援してる時のソレだった。

「……よし！」

必要な事は伝え終わった。

飲み物片手にこっちへ来る海華ちゃんの姿も見えてきたことだし、バトンタッチすることにしよう。

「海華ちゃん。ボクも喉が渇いたから、ちょっと行ってくるね」

「ありゃ？　失敗したなー。それならナッちゃんの分も買ってきた方が良かったわね」

「いいのいいの。それじゃ、ごゆっくり」

ボクが一人の方が話し易かったように、海華ちゃんもボクがいない方が話しやすいこともあるだろう。

すれ違う時に腕を高くあげながら通り過ぎる。もう声が聞こえないところまで行ってから一度だけ振り返ろうとして……止めた。

気遣いをするなら最後までした方がいい。

見ない方がいいものをあえて見るぐらいなら、後で悲しそうな海華ちゃんが笑えるような方法でも考えようじゃないか。

我ながら前向きに自分勝手なもんである。

でもそれぐらいでちょうどいいのかも。

――だって海華ちゃんは、

年上で、

幼馴染で、

亡くなった陽兄の元恋人で、

色々辛いこともあったし、フラれもしたけど、

それでも諦められない程に、大好きな人なのだから。

「――お待たせナッちゃん」

「陽兄とは十分話せた？」

「うん。お宅の弟さんは随分ヤンチャで生意気になりましたって伝えといた」

「その態度がダメなら今すぐ改めるよ。海華ちゃんに嫌われたくないもの」

「なら、嫌われるような行動はとらないようにしないとね。たとえば許可なく過剰なスキンシップを試みるとか——」

近くの道に停めていた車に乗り込もうとする海華ちゃんの目線が、少しだけこっちから外れる。

屈んでから頭を上げようとする海華ちゃん。

その頭の先には車の天井縁(てんじょうべり)があって。

「ストーーーップ！」

「へ？」

「あっ」

彼女がぶつける前に手で頭を押さえようとしたが、慌てたためか誰かにふざけて背中を押されたかのようにボクの身体は前につんのめっていく。

その先にはちょうどいい感じに海華ちゃんの顔があって、

ボクらはぶつかった。

唇にとても柔らかくてぷるぷるした物が触れた感触。

即座(そくざ)にその場から後ずさったが時既に遅し。

目の前には、口元を手の甲(こう)で隠しながら小刻みに身体を震わせている方がいた。

「……な、なな、ななな……ッ」

海華ちゃんはものすごく狼狽えているようだけど、ボクはその何倍も慌てている。

何か上手い言い訳を。

そう考えてもこんな状況で閃くはずもなく。

「ごめん、今のは事故だから無しで。今度する時はちゃんとす――」

べちーん!!　とイイ感じに重い一発が頬に直撃。ご丁寧にも片頬ではなく、挟みこむように両頬へ同時にだ。

「緊急家族会議よ！　そのふしだらさを叩き直してやるわ！」

「わざとじゃないんだってば!?　一発叩いたんだから勘弁してよ！」

どこかで誰かが大笑いしているような気配を感じながら。

ボクらの夏は、またひとつ先へと進んでいく。

いつまでもキミが好きだと

とある真夏日。

おじいさんが一人、お墓に手を合わせていた。

遠い昔のことを思い出しているのか。時折、目を細めながら懐かしげに顔をほころばせている。

「子供の頃から随分長い時が経ったね。陽兄とお別れした夏から……キミに恋をしたあの夏から……」

彼はあの日以来、彼女への誓いを果たし続けた。

だからこうしてまた、伝えにきているのだ。

「――大好きだよ」

その想いは、これまでの長い人生でも変わらなかった。

きっとこの先も消えずにいるのだろう。

大事な用事を終えて、おじいさんが杖を頼りに立ち上がる。

体の向きを道路の方へ変えると、両親と一緒に来てくれた子供達が手を振っているのが見えた。

孫にあたる子供達の下へ行く前に、もう一度だけおじいさんは振り返る。

「また、来るよ」


あの夏の誓いに一旦のお別れを。

そして何度でも再会の約束を。

何年、何十年経っても。

あの想いは変わらずに。

胸（ココ）にあるのだから。

おしまい

あとがき

「うーん……そろそろ届いてもおかしくないのだけど」

ＨＪ小説大賞２０２１後期・ノベルアップ＋部門。

その最終選考の結果発表が近づくにつれ、私は頻繁にメールをチェックしていました。

連絡がなければ残念賞。されど待ち望むものは届きません。

「コレは、また一から挑戦かなぁ」

落ち込みそうな心を支えつつ、手癖でＳＮＳのページを開きます。

すると、あまり縁のない手紙マークに数字がポップアップしていました。

メッセージの送り主は、わかる人にはわかる某うどんの女神様。

「ははーん、これはもしやアクシデントでもあったかな」

うんうん、ありますよねそういう事。意外と大事な時に限って盛大なポカをし……て。

次の瞬間、ものすごく嫌な予感がしました。

ゴゴゴゴッと強烈なプレッシャーを放つのは「プロモーション」の項目。

今にもとんでもねぇパワーを持ったヴィジョンが飛び出してきそうなその文字を、手を震わせながらカチリ。

数秒後。盛大にポカっていたのが誰だか知った私は、ジャンピング五体投地せんばかりの勢いでその真相を相手方に伝えていました。

コレが本書に繋がる、私の最初期イベントです。


どーも初めまして！

本作の著者にして初っ端で大ポカをかました張本人のあです。

この度は『決して色褪せることのない夏の日々にボクは諦めきれない恋をした』をお読みいただき、誠にありがとうございます。

これまで普通に届いていたはずのメールがあの時に限ってプロモーション項目に届くなんて、そら気づかないですよHAHAHAHA！

笑い事ではないのですが、笑いでもしないと受け止められなかったんです……。

さてさて、そんな私のポカ話は置いときまして。

本作が私の初・書籍化小説となるわけですが……いかがでしたでしょうか？

物語の一シーン、一ページ、一セリフ。

このキャラが可愛い、せつない、推せる。

読者によって様々な感想があるのは必然であり、物足りないといったお声もあるでしょう。それらを踏まえつつも『良かった』と感じてもらえるモノがあったのならば、自身の体験や思い出をベースに魂込めて書いた甲斐があるってものです。

もしよろしければ、その抱いた気持ちをツイッターで発信したり、友人に伝えたりしてください。今後を左右するとても大事な事なので！　是非！

それらが増えた分だけ、私の活動エネルギーが満ちていくことでしょう。

▼内容について思うところや補足等
ココからは、筆者の感想や補足等を書き綴ってみます。

昨今のライトノベルに多く触れている人であればある程、本作は今の流行と大分離れたタイプの一作だと感じるのでしょうか。

異世界・現代ファンタジージャンルではなく、チートや無双とも無縁。

ラブコメ成分はありますが「コレはラブコメです」とも言い辛い。

主人公の蒼井ナツシは、多少大人びている面はあっても一際秀でた能力はなし。なんでしたら兄の蒼井陽がすべてにおいて上です。少なくともナツシ自身はそう考えていて、強い憧れと劣等感を抱いています。

そんな少年が恋したのは兄の婚約者であった白鐘海華。よりにもよってなんつー相手を好きになってしまったのか。コレで陽との仲が悪ければ話も変わってきますが、ナツシにとってはどちらも大切な人で、それゆえに気持ちの板挟みになります。

もし私がナツシと対談しようものなら、

「鬼、悪魔、ポカにポカを重ねるク●ポカ作者!」

こう言われても不思議ではありません。うーむ、ぐうの音も出ない。

最終的に、本作はせつなく辛い状況下にあるナツシの気持ちがどう変化していくのか。その過程と結末の一部を抜きだした夏の青春恋物語となりました。

この青春恋物語なんて言い方も紆余曲折を経て辿りついたもので、何にしてもラノべっぽくないと思うところはあります。

ですが。

コレが私の書きたかった物語でした。

同時に読みたかった物語でもあります。

書き始めた発端は『こんな物語が読みたい。無いなら自分で書こう！』です。

その一心で書き綴った結果、趣味嗜好と性癖を盛りこみまくったもの。言い換えれば大分好き勝手にした本作が生まれました。

この作品がどう評価されるかは非常に気になるところです。

よく話を聞いてくれた友人Tさんに本作の入賞を伝えた際には「正直通るとは思ってなかったよ」と笑顔で言われました。「なんだとコラ〜」と返しながらコークスクリュー・ブローを決めたり反撃されたのは内緒です。

他には、入賞時の選評の最後にこうありました。

『現在流行しているイチャラブコメとは違うものの、刺さる人にはとても刺さる素晴らしい作品です』

この文で胸が熱くなりましたね。

もしこの文章を読んでいるあなたが本作を気にいってくれたのであれば、あなたは刺さった人です。きっと私と似た好みをお持ちなのでしょう。

いつまでも末永くヨロシクしたいですね！

続けて補足みたいなものをひとつ。

のっけから亡くなっている蒼井陽ですが、本作における重要キャラにも関わらずいわゆる『紹介文』がありません。

無論、物語中ではアッチやコッチで彼の人となりが出てくるため、全くどんな人物かわからないって事はないのですが。全くないのもちょっと寂しいと思ってしまいます。

そこで、多めに書けるスペースがある内に『なんでも出来ちゃうスゴイお兄ちゃん』と弟から思われていた彼の紹介文を載せてみましょう。

・蒼井 陽
本編では主に回想で登場する、ナツシの兄。去年の交通事故で亡くなっている。

カッコよくて人が良い、頼りがいのある男性。ナツシにとっては憧れの人物にして大事な家族。長年一緒に過ごした海華とは、幼馴染かつ恋人兼婚約者でもあった。

陽が最も大切にしていたのは弟のナツシであり、物事の優先度もナツシが一番上になる超弟想い。口癖はとにもかくにも弟の話で「自分に何かあった時、あるいはナツシが困っていたら助けてやってくれ」と方々に頼んでいた。

キャラクター設定をまとめたファイルにはゴローの姉・円との関係が書かれていたりするのですが、その辺りは某暴露シーンで彼女の口から語られていましたね。

ところで、この陽兄さん。回想シーン以外のイラストでちょっぴり登場しているのですが、お気づきになられたでしょうか？

隠してあるわけでもないですが、発見されてない方は探してみるのはどうでしょう。

私の希望が特に強く反映された一枚です。

ヒントは『後押し』。

▼筆者からの宣伝告知、あるいは名刺の代わり
私の書いた小説が書籍化されたのは今回が初となります。

今後はどうにかこうにか作家一年生として色々挑戦し続けるつもりですが、その一環として今から図々しくも宣伝告知タイムを設けてみます。

現在ののあは、ホビージャパンが運営する小説投稿サイト『ノベルアップ＋』（通称：ノベプラ）を拠点にしています。最近はカ●ヨムに上陸してたりも。

今読める短編・長編・その他を合わせれば約百作。各作の文字数を合計すれば百万文字

以上の小説・エッセイ・ブログ等を公開しております。

比較的得意なラブコメとコメディが多めですが、シリアスが無いってわけでもない。

中にはコンテストに応募した時の本作（いわゆるWEB版）もありまして、ノベプラオンリー設定なので現状で読めるのはノベプラだけです。興味が沸いた方はどうぞ遊びに来てくださいませ。

追記：本書の発売日前後には、未来の私が発売記念でおまけSSを公開してるはずです。ナツシ達の物語にもっと触れてみたい方はお楽しみに！　未来の私よ、ココに書いたからにはしっかり投稿しておくのだぞ。

また、電子書籍・アニメイト・メロンブックスで販売されている本作には特典SSが付いています。それぞれ内容は異なりますが、どれも本編で出てきた小ネタを掘り下げたものになりますね。

どれもその時のフルパワーで書いた一作なので、どうぞよろしく！

もしご感想やお仕事のご相談等がありましたら、私のツイッターアカウントにでもご連絡してくださいませ。

▼お礼等

こうしてあとがきを書いている段階になっても気になる点は多くあります。

意図的に使わなかった単語の影響やら、この未熟者の物語はどんな読者に受け入れてもらえるのか等。

念願だったラノベ作家デビューしたばかりのひよっこことしては、ここからこそ頑張っていきたいと考えていますが、そう簡単な道ではないと少なからず理解しております。

一冊の本が発売されるまでには想像以上の時間が必要で、自分一人だけで完成にこぎつけられるわけではありません。

担当編集者のKさんには現在進行形で力を尽くしていただいております。それこそ最初からずっとです。Kさんが担当編集になってくれて本当によかった。

イラストレーターのぷらこさんは素晴らしいイラストをたっぷり描いてくれました。時間があれば、絵のひとつひとつに対して語りたいぐらいどれも大好きです。

お二人には無茶気味な意見を取り入れてもらった事も多く、感謝の念に堪えません。

他には表紙、帯のデザインをしてくれた方、校正してくれた方もいますし、それ以外でも多くの人のご協力があってこそ本書がお手元に届いています。

感謝の気持ちを忘れずに、この場を借りてお礼申し上げます。

皆様、どうもありがとうございました！


それでは今回はこの辺りでお別れとなります。

最後に大事な事をもう一度だけ。


この度は『決して色褪せることのない夏の日々にボクは諦めきれない恋をした』をお読みくださり、本当にありがとうございます！

本作が少しでもあなたの良き時間の欠片になりますように。

決して色褪せることのない夏の日々にボクは諦めきれない恋をした

2023年5月1日　初版発行

著者――ののあ

発行者―松下大介
発行所―株式会社ホビージャパン

〒151-0053
東京都渋谷区代々木2-15-8
電話　03(5304)7604（編集）
　　　03(5304)9112（営業）

印刷所――大日本印刷株式会社

装丁――小沼早苗（Gibbon）／株式会社エストール

ISBN978-4-7986-3168-4　C0193